青春的述说·90后校园文学精品选

高长梅　尹利华　主编

冬日田野上的青草

文西　著

九州出版社　JIUZHOUPRESS　全国百佳图书出版单位

图书在版编目（CIP）数据

冬日田野上的青草/文西著. —北京：九州出版社, 2014.3
（2021.7 重印）

（青春的述说：90后校园文学精品选 / 高长梅, 尹利华主编）

ISBN 978-7-5108-2764-8

Ⅰ.①冬… Ⅱ.①文… Ⅲ.①诗集－中国－当代②小说
集－中国－当代 Ⅳ.①I217.2

中国版本图书馆CIP数据核字（2014）第041967号

冬日田野上的青草

作　　者　文　西　著

出版发行　九州出版社

地　　址　北京市西城区阜外大街甲35号（100037）

发行电话　（010）68992190/3/5/6

网　　址　www.jiuzhoupress.com

电子信箱　jiuzhou@jiuzhoupress.com

印　　刷　北京一鑫印务有限责任公司

开　　本　710毫米×1000毫米　16开

印　　张　9

字　　数　138千字

版　　次　2014年5月第1版

印　　次　2021年7月第5次印刷

书　　号　ISBN 978-7-5108-2764-8

定　　价　32.00元

前言

　　随着中小学课程改革的进一步深入，我们欣喜地看到，许多学校的校长、教师对校园文学与课程建设、学校文化建设紧密关系的认识，上升到前所未有的高度。

　　有识之士认为，校园文学对于学生完善自我、陶冶心灵、挖掘情商、启迪智慧，培养想象力和创新精神，具有其他教育形式不可替代的作用。作为学校教育重要形式和载体的校园文学，在学校的课程中得到了充分体现，占有了一席之地。

　　我们更欣喜地看到，许多学校在校园文学作品进入阅读教材、校园文学创作融入写作教学等方面做了大量行之有效的探索。他们认为，阅读教材中引进校园文学作品，使阅读教学内容更加丰富、新颖，贴近学生的生活、思想和鉴赏兴趣。紧密联系校内外各种实践活动，创造契机，搭建平台，让学生适当进行课外的文学创作，使课内外写作结合，促进了写作教学改革。

正如《第三届全国校园文学研究高峰论坛宣言》所说的那样：校园文学走进课程，是语文学科建设和改革的重要抓手，有助于学生综合素质的培养、语文教学效率的提高、语文教师专业化水平的提升以及整个语文学科的改革发展。

这套 10 本校园文学作品集，作者都是 90 后，他们的生活、他们的思想、他们的情感，与现在的 90 后乃至 00 后读者是相通的。我们相信，这些作品会和这些读者产生共鸣，从而达到我们出版这套书的目的——为读者提供一套他们真正感兴趣的、接地气的作品。

目录

目录

第三辑　山崖上的星星

目录

第一辑

我灵魂深处的爱人

一只手

老年人说，
那只强劲的手拽着我，
拽成一条黑色的淤流，
流入一个未知的空间中。

年轻人说，
那只威严的手撵着我，
撵成一个蓝色的希望，
附在一段成长的时间上。
难道只有老年，
少年，
受这只手的操控？
还有人生的每个时候。

那只手拨弄着云，
弹奏着风，
在天际，
在遥远的高处。
这只手长个什么样子？
没有人见过它，
却有人意识到它，
关于它的全部我们只知：
有的人在这只手上反抗，
有的人在这只手下屈服。

鞭打

梨树有风暴的鞭打，
抽了嫩芽，
朵朵蓓蕾
绽放的是生命之花。

田野有镰刀的鞭打，
长长的谷穗
跪向圆圆的日头，
收割的是厚度与温度。

当
你受困于一个角落，
或
一个时代，
那么鞭打你自己吧！
如一匹困顿山涧的野马，
鞭打灵魂的贫瘠，
修剪思想的丰富。
痛苦与悲哀
本是生存的权利之一。

不让田野荒芜

冬日的田野已休耕，
明亮的垄沟是它的伤痕，
单调的色彩是它的面容。
连绵起伏，
延伸成自我的拒绝，
却还是在给予。

为了不让田野再荒芜，
我愿将爱撒播大地，
我的爱从一片田野长起，
两片，三片，
连日出下我的爱人，
也能看见。

春天长成翠绿的明珠，
夏天荡漾蜻蜓的圆舞曲，
秋季所有的人都在收获，
那时冬天也美丽。
噢，
不让田野再荒芜。

贫与富

我没有一串熠耀的钻石，
却戴了一身晶莹的露珠，
青翠的叶梢踩断花香的影子，
清晨的云雀唱出水淋淋的祝福。
谁能预知我是贫是富？

我没有华丽的旗袍，
却着了一条明净的月光，
柔软的泉水漂成一汪美好，
肃穆的山崖回应着旅人的呼唤。
谁能猜得出我是贫是富？

我剥落的容颜缺少胭脂的遮掩，
却收获了沉稳的内涵，
岁月变换着美的形态，
本质从未改变。
谁能断言我是贫是富？

我没有威严的权杖，
灵魂却从未生锈，
贪婪载不动生活的渴望，
执着的勇敢伴人向前。
谁能划清贫与富的界线？

第一辑　我灵魂深处的爱人

雪愿

我愿
雪将我捏成
比米开朗基罗的塑像
更精美
更雄伟的雕塑
让
我的长发永远
轻拂你的身体
让我的眼睛
永远守望着你
让我的灵魂与你相依

我的南方，北方

我看到了
闪烁发亮的西北荒漠，
太阳高擎在荒漠上。
如酒穿透渴望，
阳光穿透
汉子赤裸裸的胸膛。

我听到了
清脆嘹亮的南方溪水，
小舟摇荡在溪水上。
如琴拂过信仰，
双桨拂过
姑娘亮晶晶的眼眶。

我在思索
同一片土地的两个方向。
我在思索
同一片土地的两种性格。
我在思索
同一片土地的两份爱。

我愿将我的身躯
葬在北方的高山之巅，
待它成长，
长得雄壮。
翱翔这宽广，
守护祖国这一方。

远和近

从冬到春，
还要一夜。
从黎明到黄昏，
还有一餐。
从潇湘到南京，
只需一眨眼。
从爱情到敌人，
只用一转身。
你说：
这都不远。
我便觉得很近。
你说：
这都不近。
我便觉得很远。
究竟你与我，
最远还是最近？

我灵魂深处的爱人

人的激情已旧，
已旧！
噢，爱的火种渐减，
渐减；
心绪渐缓，
渐缓！

然而，
浅薄的情感
怎比得上深刻的体验？
我不是与您欢乐地亲吻？
我不是与您共赴旅程？
我不是与您交换灵魂？

除了您，
还有谁让我如此眷念？
还有谁令我这般不安？
只有你，
只有你，
噢，我思想的伴侣，
我尊贵的爱人，

让我将您，
置于永恒的深处！

光之颂

月亮啊，
你曾躲在我的屋檐，
窥伺了我的忧愁与哀怨。
太阳啊，
你也从枝叶间，
窥探了我十几年。

啊，
光！
你照耀万物，
有哪一个生命，
不是在啜饮你？

而今，
我终于感受到你的力量。
你呼唤，
你吸引我，
我坠进你的胸膛，
我们的心，
愈来愈靠近，
融为无限的一。

葬我

噢！葬我，
在荷花池中，
在海滨之上！

葬我，
在荒漠，
在高山之巅！

听那温婉的流水，
看那葳蕤的草木，
啃那悬崖与绝壁！

我的泪水干枯了，
我的思想折翼了，
我只可将胸中的烈火
高高举起！
我本该是孤岛上的女神，
让英雄为我而沉沦。
我本是大地之母，
让生灵因善而跪拜。

如今，
我一无所有，
我已贫瘠，
我已灭亡。

不！
还有自然
还有自然活现在
我枯竭的眼中。

那就葬了我吧！
在今夜，
在此时！
噢！葬我，
在自然中。

园林艺人

我的园林，
有花，
有草，
有树。

我给玫瑰修剪枯枝，
为麦冬梳理叶脉，
将苹果树施好肥，
再去葡萄地里浇水。

我的园林，
是荒漠里唯一的
蓝色，
金黄，
红色。

三月，
迷途的旅人走向我的园林，
送他一捧芳香。
六月，
迷途的旅人走入我的园林，
送他一片清凉。
叶落时，
迷途的旅人走出我的园林，
送他一筐果实。
霜冻了，
迷途的旅人走过我的园林，
送他一颗光秃秃的心。

我头顶的一朵黑花

我的鼻尖贴着它，
是油布的味道，
是汗水的味道，
是你赤膊的味道。
噢，我相信是你
撑过的岁月的味道。

我的手指触着它，
是生锈的铁杆，
是生成的骨架，
银色与铜色交织。
噢，我相信它如你
筋骨般强健。

我的发丝拂着它，
古老的裂缝里
还闪耀着阳光，
四季的细雨顺流而下。
噢，我相信你在向我洒播
快乐和勇气。

新的，
来了，
旧的，
未去。
人们打着鲜艳的雨伞，
我只爱头顶这朵黑花。

云

清风吹拂着它，
一会儿近，
一会儿远，
它美得像烟岚。

小鸟环绕着它，
一会儿近，
一会儿远，
它美得像碧空的花朵。

春天拥抱着他，
一会儿近，
一会儿远，
我为少年戴上纯洁的桂冠。

金秋笼罩着他，
一会儿近，
一会儿远，
我为情人披上胜利的光环。

一个已为人父，
一个方为人子。
两段美丽的爱情，
仍有缺陷。

花儿

蜜蜂停在花苞
竞相绽放的枝条，
颤巍巍，
嗡嗡作响。

花儿无私地
袒露圆润的乳房，
亮晶晶，
洁白如星。

蜂蜜无法酝酿，
蜂巢被遗弃，
美丽的花儿，
破坏掉一个家。

老牛跪在花蕾
吐蕊的径道，
晃悠悠，
哞哞鸣叫。

花儿热情地
呼出芳香的气息，
沉甸甸，
浓烈如蜜。

老牛撇开青草，
再无力气拉犁耕地，
美丽的花儿，
破坏掉一个家。

年轻的姑娘，
莫去钻进罅隙，
适当的爱情安排在适当的年龄，
可不要拆毁了一对夫妻。

暴风雨

暴风雨啊，
猛烈些吧！
卷起汹涌的波涛，
撕扯茫茫荒漠，
呈现给世人一个新的世界！
闪电啊，
迅疾些吧！
鞭笞原始的丛林，
照亮幽暗的洞穴，
呈现给自然一个新的面貌！
雷鸣啊，
响亮些吧！
震动地壳凝滞的岩浆，
警醒昏睡的鸟兽，
呈现给大地一个新的支点！
勇敢者啊，
快些行动吧！
立于高山之巅，
驰骋在无穷的空间，
升上云端，
上升吧！
呈现给思想一个新的头颅！

第二辑

那一掬生命的泉水

那一掬生命的泉水

清晨的雾霭如透明的薄纱一般自遥远的天际翩然降临大地，又似被水稀释了的牛乳，从山顶向下一颗颗滴落。

连绵起伏的田野笼罩在薄雾中，偶尔看得见一条条明亮的垄沟与一簇簇冬日野草燃出的绿色火焰。一切静极了。当人也静下来时，却忽然听见田塍间的淙淙溪流声与咕咚咕咚的冒泡声。那是从井里流出的溪水，倘若将一只手伸在溪面上，一股暖流定从掌心流淌至心田。原来溪面上的雾是溪水散发的热气。沿着溪岸逆流而上，看得见那口石砖砌的圆井坐落在古藤缠绕的树林里，模样端庄。这是寨子里最古老的一口井，也是唯一一口井。

井的直径有一米多长，深度大概相当于一栋木房的高度吧。考虑到人们的安全，寨子里的人便在井口盖上了一个圆盖，在井壁插了一根手腕粗的钢管，水从钢管流到一个砖铺的水槽。它是从山上的一个天坑流到我们寨子里来的，但又是从另一个寨子另一个县市流到天坑的，源头究竟在何处，没有人知道。就如生命的源头在何处，也没有人知道一样。

如果说世界上最纯净的液体是水，那么最纯净的水就该是天然泉水了。寨子里的人们自生到死喝的都是这口井里的泉水。我们的水不需要煮沸、不需要蒸馏，只是以它最原始的没有掺杂半点化学物质的骨血养育着我们。干涸的稻田也从井里的泉水汲取新鲜血液。夏日，方圆十里的人们来井里洗凉水澡，下至两岁孩子，上至六七十岁的老人。男女老少都来打凉水，有挑了水桶的，有提了水壶的。在山上苞谷地里除草或在田里拔稗子，喝一口井里的冰凉的泉水，劳作的疲乏即刻烟消云散，整个人又焕然一新，充满了新的生命信念。人们都愿意省下那一点买冰箱的钱，因为井里的泉水就是一口天然的冰箱。有的人从集市上称了几斤猪肉，用纸袋包好放在溢满水的水槽里，即使过几天也不会腐臭，也不用担心猪肉会被人拿走。冬天，大家也可省了烧热水的柴火或煤气，尽可将那一件件厚重的棉衫拿来浸泡在热气腾腾的水槽里。只要井里的水奔涌不停，水槽的水就总是如熟透的柿子般，饱满得流出汁液来。但有一年冬天，井里的水却枯瘦了，变得奄奄一息，人们只是微微蹙了蹙眉，没有一个人埋怨或惶恐，因为每个人都坚信不久它又会肥美起来。果然，初春之时，井里的泉水又恢复了往常健康的神采奕奕的面貌。我也坚信只要寨子里的人们还生存在这片土地上，那么这口井里的泉水就不会枯竭。因为这口井是我们伟大的祖先掘出的，祖先们生存的环境远比现在艰难、恶劣，因此他们对待生存会更加谨慎、负责，每一个有关生存的细节都值得他们反复考证，他们留给后人的生命的源泉绝对是丰厚与绵长的，而不可能是草率的。

那时，这个荒草甸子里只有几户人家，人们喝水都要千辛万苦地去远处的山上找泉水。田野所需的水则勉强从附近的小沟渠和低洼地里引入。有几个姓黄的人在没膝的青青禾苗地里拔稗子，高处的日头照得人焦渴难耐，但他们的心并没有焦躁不安。当一切都被太阳炙烤得静极了时，从长满野草的树林子里响起了一声秧雀的鸣叫。秧雀是一种从头到脚黑得发亮的水鸟，有秧雀的地方必定有水。姓黄的几个人便是凭了这推断去秧雀鸣叫的地方挖掘，一锄锄掘下去，涌出了细小的水流，又一锄锄掘下去，掘出了一条肥胖的黄鳝，最后大股水流从地底涌了出来。慢慢地形成了一个一间房间那么宽的水库，如一块翡翠似的绿油油的深不见底。姓黄的几个人为全寨子的人掘出了一条生之路，而这几个人却认为是那条黄鳝为他们指引的这条生之路，因此从那时起黄姓人家都不吃黄鳝了。"不吃救命恩人。"这是他们遵从的一个道德宗旨。祖先们对自然里的一个小小的生命都怀有这样虔诚的感恩之心，那么更不用说对人了。也正因为他们在面对自然的考验时镇定从容，才会在静极了的环境里听见那偶然的一声秧雀的鸣叫，就好比现在你只有保持内心的静才听得见那淙淙溪流声与咕咚咕咚冒泡声。而那一掬首先流出的泉水又是必然的。他们利用了自然中出现的偶然与必然来延续生命。听到秧雀的鸣叫时，他们善于运用智慧去分析、判断。生命的偶然与必然同大自然的偶然与必然多么完美地融合在一起。自然时时都在向人类提出指点，一声鸟鸣一片树叶也是自然给人类的一份暗示。我们聪慧勤劳的祖先将心融入自然，才会以闪电的迅疾接受那一份自然的暗示，

创造出持续的美丽的生命。

听爷爷说，泉水形成的水库没有栅栏围着，溺死过一个小孩子，于是人们搬来石头围成一圈，只留下一块容得下水桶的空地。那块空地后来又被爷爷和一位青年医生修整过。又听父亲说，青年时代的他曾在水库里用水桶舀到了五条巴掌大的银白的鲤鱼。我初上小学那一年，寨子里的人运来石砖与水泥将小水库圈了起来，修成了现在的圆井。圆井落成时，全寨子的人都心怀感激地来瞻仰，还请了道士设坛谢泉水，谢的正是当年那一掬泉水。

无论多少年过去，汲取井里泉水的人们都是不会忘记这段漫长的历史的。

一代又一代的人们以智慧、勤劳、感恩，在一掬泉水的土地上繁衍了一代又一代人。泉水奔流不滞，而生命生生不息，灿烂精彩。

保靖酉水

她是一只手，撕了一片淡蓝色的雾霭将绚烂的色彩遮住。她是一只眼睛，澄澈的眼波中倒映着莹白的天空和人情。她是一位女子，贤淑、庄重。她是酉水，就该是这个宁静的样子。

酉水，发源于湖北宣恩县，经酉阳、秀山、保靖、古丈注入沅江。全长四百多公里，在保靖有八十多公里。节日期间，常有老人、小孩、青年男女在酉水南岸漫步，如一条条在黑色网里织来织去的梭子。偶尔有谁点燃了一根烟花，便在夜色中画出一条优美斑斓的曲线。保靖的年味如这酉水一样，也是静的。而酉水北岸峭壁峥嵘，悬崖高耸，一条新修的水泥路似绸缎一般绕过山崖的脚踝、腰际、脖颈。一星两星微黄的灯光如熟透的果子般缀在峭壁上，悬崖上，那里坐落着稀疏的砖房。

这条河如我一般是默默无闻的，如湘西人民一般是平凡的。但她的生命毕竟比我丰厚、长久。她不是个体，而是整体——要知道，个体几乎是没有智慧的。她有作为一条河的姿势——包容生命，养育生命。我生活了十几年，却不曾去思考过一条母亲河对我的意义。如果说每个或伟大或普通的人都有自己的特色，那么每条或知名或无闻的河也有独一无二的不可替代的地方。酉水的特色，就在于她汇聚了湘西少数民族的传统文化。

酉水南岸修建了长约八百里的酉水文化长廊，长廊上就有湘西风俗文化的浮雕与解说，集民族及人文，保靖人物，民族工艺及生产、生活习俗，自然风光，民间艺术，婚丧喜庆习俗及风情为一体。民族及人文镌刻有湘西土家族与苗族的介绍，保靖书院等。土家族有四姓：彭，向，王，李。苗族则有五姓：吴，龙，廖，石，麻。其他姓基本上是由外地搬迁过来的。我的本姓是向，只是两岁以后随母亲过到陈家，方改了现在的名姓。保靖书院中最为著名的是雅丽书院，正是我念中学的地方，现已改为保靖第三中学。保靖人物方面介绍了田茂忠、袁吉六等。田茂忠被人称为山歌大王。袁吉六是毛泽东的国文老师。民族工艺及生产、生活习俗有吊脚楼、土家腊肉、春碓的介绍。湘西闻名遐迩的大概是凤凰苗族吊脚楼了。其实吊脚楼也是土家族的传统建筑，而建吊脚楼的主要原因是地势的问题，多半建在依山傍水的地方。土家腊肉是湘西人民必不可少的年物。每临近过年，各家各户杀了年猪，撒上盐放在坛里缸里，几日后就可以上炕了。春碓一直沿用至近几年，但随着现代化的发展，现在基本上已经销声匿迹了。碓由掘地安放的石臼、前端装有铁杵的粗木棒和支架组成，用脚踩动粗木尾，可使铁杵反复起落。儿时每当父母亲在碓里春辣椒，或者春青菜做青菜豆腐时，我们小孩子总喜欢踩动粗木尾，那一起一落着实有坐跷跷板的味道。自然风光部分介绍了酉水河、石山丛桂、天开文运、狮洞樵歌等。石山丛桂顾名思义是从石头里长出来的桂树，在保靖老政府内。民间艺术部分可以看到山歌、铜铃舞、摆手舞等的介绍。山歌是空灵神秘的，由这块神奇迷人的湘西土地所衍生。铜铃舞与摆手舞皆是土家族祭祀性的舞蹈。而所有的风俗中最让人感兴趣的应该是婚丧喜庆风情了，有拦门、回门、边边场等。边边场是苗族地区

第二辑 那一掬生命的泉水

一种男女交往方式。男女在集市上唱歌跳舞，情投意合者则双双潜入树林，一切妥当便告知父母，结为连理。拦门与回门皆是结婚迎亲习俗。迎亲时，迎亲队伍至女方家，女方门口设有方桌，摆有糖酒，女方礼官堵门盘问，南方执事先生出面应答。两方唇枪舌剑，男方若赢，便可进屋，若输了，则需告饶方可进屋。回门俗称回娘家，婚礼完毕后的第三天，新婚夫妇带上猪腿、糖酒看望新娘父母，一般不留宿，当天即回。我的描写当然有不足之处，湘西少数民族文化博大精深，也是中华民族文化的一部分，它使中华民族文化更充实，更丰富。酉水文化长廊的修建，能够让外来朋友对湘西更加了解，拉近人与人之间的距离。也让湘西人民更加热爱自己的传统文化，将之继承与弘扬。这些古老的传统文化，是有生命力的历史，是人类的历史长河中不可或缺的，因此它不该在现代化的脚步中湮灭，而是随着时代的发展而发展。

酉水流域的景观则主要集中在北岸。而最为壮观的是天开文运与狮洞樵歌。"天开文运"四个字是一八九一年的摩崖石刻，位于北岸崖壁间。字乃为颜体，阴文，每字约 2.4 米 × 1.87 米。金黄色的大字浑厚遒劲，其大其高在湘西是首屈一指的。石刻原距河面三十多米，现在几乎是紧贴水面的。天开文运与雅丽书院隔河相对，我念中学时坐在课堂里便望得见这四个大字。这是古人留下的痕迹，当年刻字的人如今早已尘埃落定，而这痕迹依然清晰明了，似乎让我们明白人在自然中是伟大的，可以让自然将我们牢牢记住。然而人在自然中又是微不足道的，站在雅丽书院里观望这四个字，居然只如跳动在眼中的四颗金色的灰尘，仿佛被一支自然的画笔轻轻点了一下。但无论如何，你若乘一只小船（酉水河中船只不多，行船时间也较少，专为参观游玩而下行的船只则更少，保靖人民一般都忙于务实）划到崖壁前去瞻仰，是不得不由衷钦佩，生发对同类的敬畏之情的，毕竟整个自然中只有人能够赞同与欣赏人的杰作。

狮洞樵歌指酉水北岸悬崖绝壁间的一个巨大的溶洞，因洞口呈狮状，故名狮子洞。狮子洞前建有一庵，名狮子庵，据说建庵是因为这狮子洞会吞食保靖人民的财富。文学大师沈从文曾在此洞中学习过经史。同样是在我念中学的时候，每当凌晨破晓之时，能在宿舍楼里将清脆古朴的钟声听得清清楚楚。这钟声如一曲荡气回肠的山歌，它与山歌的唯一区别就在于山歌是从人的身体里倾吐而出的，钟声则激荡着金属的野性。而两者之所以能紧密融合，是因为它们都召唤着虔诚——对自我的虔诚。前几日我随朋友到庵中朝拜，点了几炷香，当然并不是因为我信佛，这只是对自我的虔诚。我到庵中朝拜主要是想一睹狮子洞的真容，但里面的两位尼姑均对我们说："洞不让进，进不得。"

"怎么进不得？"

"有男女搬了凳子到洞里做坏事，是大罪过，得罪菩萨，两年前我们跟局长申请，关闭了。"

"一直关到？"

"当然一直关到，莫会骗你们？"

我俯首仰望头顶如篷如盖的崖壁，崖壁上凸出的石柱似要坠下来，滴着水珠，"嗒……嗒……"倒有几分难以言传的禅意，不禁令人眼明心亮。放眼向前望去，宽阔的酉水河在我们脚下如一块平整的玻璃。我们的祖先，曾经就住在这样的洞中，那么洞能不能算是我们栖居的另一个场所？它无疑是自然秘密的一个部分。如今这口溶洞与我隔绝了，还将与更多的人隔绝，它被人类的一道命令限制了。"孤立的美终要变成丑"，这个世界上，本该是没有丑的，那些心性丑恶的人，不正是将自己与善良的美隔绝起来而成为丑的吗？我心有不甘，久久地停留在残酷的铁门锁着的洞前。一位朋友劝我："走了吧，人的好奇心太强了。"是呀，人有好奇心，正如人有思想。但人能征服自然，战胜天灾，却也要屈服在人之下。出于对道德与法律的尊重，我只得带着惋惜离开了狮子洞。

酉水河呀，你是湘西人民的母亲河，也是大地的一条活跃的血脉。而大地的每一条血脉，都没有贫富之分，就如这个世界上的每个充满诗意的地方，不能以"贫"或"富"字来衡量，如此，才是真正的生活。

第二辑　那一掬生命的泉水

白溪关大桥

"横看成岭侧成峰，远近高低各不同。"湘西的山，也是这样一个瞧法。远远近近，高高低低地铺列开去，由明丽过渡为朦胧，而这过渡，却是在不知不觉中实现的。明丽的似为钢刀雕铸了一个个硬朗的三角形，朦胧的如一枝自然的画笔勾勒了一条条迤逦的墨线。

举目四望，天的四个角都为连绵起伏的山峦所截断，整片莹白里泛着点儿湛蓝的苍穹被山峦支撑在大地上空。而这条宽阔平坦的水泥路不知是如何从这山中开凿出来的，以雄伟、无拘无束的姿态穿透群山，像极了湘西人民豪放的性格。当它穿进一座高山不为我们所看见时，便又表现了湘西人民的那点羞涩处。你以为没有路了，临近山脚，公路又取了大蛇的姿势很顺畅地溜到赤裸裸的大地上。这条公路，是今年才修筑成的，由保靖通往古丈。保靖与古丈的分界线处名为白溪关，此处横跨的一座大桥将两县连接起来，即白溪关大桥。

公路一侧傍着陡峭的高山，一侧临着险峻的山崖。朝高山仰望时，脑袋与脖子成直角，世界仿佛也跟着翻转了一个面。高山上的峥峥峭壁似乎随时都会坍塌，如果重重地投射到大地上，定能砸透地球的中心。郁郁葱葱的柏树、灌木以神奇的力量攀岩在石壁上。有些裹满绿丛的石壁在半空向外凸出一大半，令人想到也许很久以前，曾有个老人一手攀着树枝，一手采摘草药，而最后葬身在这人迹罕至的山林间。向山崖俯视时，视线沿着嶙峋的崖壁迅疾地滚落，撞出一个个或凸或凹，或圆或方的红疱，滚出一道道粗糙曲折的路径。而在崖壁与另外的山崖形成的幽深的谷底，静静卧躺着一块长条形的边缘弯曲的碧绿色翡翠，这样珍藏在群山的怀抱之中，也许是怕世人将它盗走吧？世界上的海洋，江河湖泊，若都成了固体，那么势必会为一些贪婪的人所盗走。卧躺在谷底的这条河又像一条充满着明媚春光的蓝绸带，轻盈而优雅地锁住群山的脚踝，这蓝绸带，大概是数百数千年前一位女子与数百数千年后的一位男子的定情信物。走了几步，却发现这条几米宽的河已不再是无瑕的翡翠与纯净的蓝绸带了，它的绿色在渐渐地溶解，渗入了灰白，原来它广阔的心胸又将天空真实地映照出来了。为了将它描写得更为客观与贴切，不辜负大自然这一恩典，我问同行的一位学美术的朋友，这种绿究竟是绿色家族中的哪一种，朋友说是秋香绿。这也是我第一次模糊地感受到美术与自然的关系，它可以帮助人更好地认识自然。何止美术，一切的人类艺术不都是从自然中借鉴而来的吗？若划一只小船，诗人、画家、音乐家，都会找到美妙的灵感，甚至连批评家也不会那么苛刻了。看着这复水重山，我看到了人与自然共同生长的智慧。

穿行在群山包围、绿水环绕的长长公路上，我们每个人都成了小爬虫，这就如同站在摩天大楼拉长空间的高度观望地上的人一样，只不过这里扩大了空间的广阔。一座高度矮于四周的山隔着河与我们相望，它的腰际呈现出一条螺旋形小路，因为太细太柔，这条小路又像是由一支笔轻轻划过的，而不像是人走出来的。但它确实是人走出来的——那些人留在自然中的、远远大于我们自己的痕迹，其实也只是那样渺小。

不知到底爬行了多久，至少有一个钟头了吧，两排笔直的银白色栏杆从公路两侧凸现出来，我们到了期待中的地点。

大桥一侧栏杆下的石壁上镌刻着遒劲的亮闪闪的黄色大字"白溪关大桥"，竣工时间是二〇一二年十二月二十八日。桥长约一百五十米，站在为防坡土流失而垒起的石堆上瞻望，能看见恢宏的桥身如腾空飞越的巨龙，龙的头部架在一座巍峨的高山顶上，尾部甩过另一座坚实的高山。支撑着桥身的是硕大的一座拱廊，拱廊两边是纵横交织的打磨得精致的石柱。一条宽阔明朗的碧河以母亲般的沉静稳重静静地从桥下向东流淌而去，要流经古丈有名的猛洞河。两座山峰在桥底似微微欲坠，相对的两面山壁上的松柏、茅草、灌木，皆以强大的力量生长在与地面垂直的山壁上。松柏的树冠本是俯向桥下的碧河的，但树根与树干以它们的坚韧改变着伸展的方向，迫使树冠朝云天伸展开去。因此许多树木都是畸形、扭曲的，但你不会觉得这是丑，因为这是生命与其与生俱来的命运的搏斗。它们有着加西莫多的身躯，也有着加西莫多的灵魂。自然与人一样，有时候丑反而成了美。

站在桥上朝下张望，不觉间就被一股眩晕感击中，一个调皮的小鬼扔了一块碎砖头下去，却听不到一丝砸破水面的声音，也不见一丝粼粼的涟漪。我的目光在险水危石间搜寻，看见一座小石屋坐落在距河不远的半山腰，那样小巧灵秀，仿佛被一个巨大的绿手掌托住。人站在这样既立足于大地又凌驾大地之上的桥上，能感觉到从自身迸射出来的激情。这是一种发散的激情，是人生的一半；又因个体在创造前的卑微感而心生虔敬，从而感受到回归自身的激情，那种积聚的激情，是人生的另一半。

当然这样一座蹲踞在湘西一隅的大桥并不著名，这里的人民也同大桥一样普通，修筑这条公路、这座桥的工人也同样是默默无闻的。但只要一想到他们修筑公路用了两年，而建桥又花了一年，崇敬之情就会油然而生。这一切又是偶然的幸运与不幸——皆因一个生在白溪关的人在湘西自治州的交通局工作，这条公路才得以诞生。在建桥的过程中，一位工人被钢筋砸中而身亡。人类的巨大或微小的成就都是幸运与不幸交融的。这才是生活啊，没有绝对的悲，也没有绝对的喜。锯齿形的寒风切割着我的面颊，一直切入灵魂，使我向那个不知名的灵魂真心地致敬，向这个世界上所有为人类事业而献身的人致敬，他们中不乏伟大的知名者，更多的则是平凡的劳动人民。

我久久地立在白溪关大桥上，思索种种，将自己的身心化为一颗澄绿的光点，我是包含着我的这颗光点。

赶场

腊月里年味浓郁，其中最能让人感受到为深厚人情揉搓而成的年味的，是在赶场的时候。

镇上每隔两天开一次场，以小镇为中心，方圆百里各个小寨子的人都背了竹背篓，挎了竹篮子，拖家带口地前来赶场购置年货。这边陬僻壤的湘西一隅，道路皆崎岖坎坷，下了雨则更加泥泞不堪，仿佛是要让人清楚地明白人生之路的本来面目。尽管路途行走艰难，但这山高水急的地方必定造就人们粗犷蛮横的个性，于是为了那么几斤猪肉，几盘炮杖，几包糖果，人们也甘愿一步步踏实地走到镇上来。

唯一一条与外界相连的坑坑洼洼的沙子马路仿佛生满了疥疮的大蛇，以病态的面貌向远方蜿蜒爬行。人的脚步在泥泞中穿行，忽然"刷啦"一声，一个黑乎乎的大铁箱子摇摇晃晃地荡过去了，灵巧地在人身上绣出一朵朵无辜的泥花。原来是一辆城乡公交车，车里必定挤得密不透风，连一根针插进去的空间也没有。

行至镇上时，能看到一片人的海洋在不断涌动，同时传来一阵阵不绝于耳的杂色并陈的"涛声"。这时你最好的选择不是回避这充满人的感情、人的思想的海洋，因为它不同于残酷无情的没有生命的大海，你应让自己成为一滴彻彻底底的人海里的水珠，一头扎进去找寻你要寻找的东西。即便是被无边的波浪淹没，也可以在自由晃荡的海里尽情遨游，搜索每一个人的心情与目光。

场子的入口处铺着两张薄如蝉翼的白色塑料袋，袋子上摆满了铜壶、铁锅、瓷盘、瓷碗，还有镰刀、菜刀夹杂其中。而从前这个地方总堆着两个圆滚滚的墨蓝色的麻布袋，袋子在无规律地改变形状。一个腰上斜挎着个黑色皮包的中年汉子提着杆大秤在同站在摊子前的几个人谈话，其中有

个人拿出个网袋，袋子里是一条乌梢蛇。原来这个中年汉子是做蛇生意的。寒冬腊月一过，这个地方又归蛇贩子来管了吧。场子的入口表现着人事无声的更替，也许有人会对这更替加以留心，但只不过是留心摊子上更换的货物罢了。

进入场子后最先撞入眼帘的是一辆停靠在一根电线杆下的板车，板车上堆满了烟花、爆竹、糖果、饮料，看得人眼花缭乱。站在板车后面的是一位神情紧张、面容和善的中年男人。一个大人带着孩子来买了五盘炮仗。"三十五，五盘就三十五！"孩子任性地谈着价钱。当然，卖三十五块他是连本钱都赚不回的。男人下巴上的一蓬胡茬微微抖动，不再与孩子争论，到后来结账时大人自然会付相当的价钱。递一张整百的票子过去，男人翻出了所有十块的、五块的零钱找给顾客。两人均很友好地相视一笑，孩子也笑了。虽然价钱不如孩子的意，但她也分享着这一份和平公正的交易带来的满足。男人将整百的票子叠整齐，放进皮包，仿佛收藏了一包吉利的红色光晕。他将板车上的货物再次码得高高的，显得他整个人似乎又矮了一截。他脸上那种小小的欣喜与不安，是一个普通人对生活的期待与忧虑。

再往前行是两排长长的砖台，砖台上堆放着苹果、甘蔗、蔬菜、猪肉、白粉条等。每个小贩都占据着那么一小块地方，守着一堆货物，或静静地等待顾客，或扯起嗓子喊道："苹果十块钱四斤，苹果十块钱四斤啊……"人群迫不及待一窝蜂涌到水果摊前，这个人称十斤苹果，那个人买五斤梨子。"我尝个梨子行没？"一个顾客问道。"当然的，必须的，熟人熟识的要么子紧。"也许这顾客与小贩根本不认识，但小贩这样说并不是为了让自己的生意更容易做成，只是为了拉近和顾客之间的距离而让客人在尝梨时不要有所顾忌。很快摊子上的水果就抢购一空了。

"咔！咔！"卖猪肉的汉子肥头大脸，胖乎乎的油腻的手握着把菜刀剁着猪腿。那双手像香肠似的在冷冽的空气里冻得通红。看着这样一位屠户，你会觉得天底下所有的屠户都长这副模样——腆着个肚皮，有些安然自得，宽脸上闪现着和气与仗义的神情。家里没有杀年猪的皆会买那么几十斤猪肉回去挂在炕上做腊肉。我一直觉得湘西腊肉是腊肉中的精品，如果没有尝过湘西腊肉，那么不得不说是一种味觉的损失。

两排卖杂货的砖台对面是两排卖衣服裤子的砖台，在砖台后竖了一排排竹竿，衣服就挂在竿子上。这些服装在现在看来是多么的俗气与廉价，搬到城市里就成了名副其实的"地摊货"。但正是这样一批批款式不够新颖、不够华丽的服装陪伴我们度过了如它们的颜色一样绚烂多彩的童年。那时孩子们总是高高兴兴地脱得只剩一件单衣，等着大人从竿子上取下一件新衣，然后穿着它在镇上大摇大摆地走过，仿佛穿上了世界上最美丽的衣服。在山村里长大的孩子，对这样一些廉价的衣裳自有其亲切与珍惜之情，正如对故乡的亲切，对生命本质的珍惜。而它们中的一些又伴着善良温厚的老人们度过同它们颜色一样质朴沉稳的老年。

　　"卖电池电筒胶水嘞……"在堆码杂货与服装的砖台之间的宽阔空地上摆着卖电池、电筒、胶水、钥匙和锁的摊子。行人对其中某样东西有兴趣的话就蹲下身用手摸索一番，而后站起身向另外的摊子看去。接着，在原先那人蹲下的地方又有一个人蹲下。如此循环，如同生命过程的循环，前人走了，后人继续，而观察的都是同一样东西。这样的小摊子有各种各样有趣的小玩意儿，摊子前的人似乎比砖台上大摊子前的人更多，由此可见，大多数时候人们对生活中细微之处的注意都是要胜过对重大事情的注意的。不过这些淳朴的乡民又有什么重大的事情呢？对他们而言，生活不需要轰轰烈烈，就如身上生命的源泉——动脉一样，平稳，宁静。从他们对于细微之处的在意，便能悟得一番生活的哲学。

　　与卖电池、电筒的小摊子比邻的肯定是一个卖各色凉菜及鸡爪的摊子。摊主人是一对中年夫妇，原来是做甘蔗生意的，不知什么时候转行做起了凉菜、鸡爪的买卖。这样的摊子通常都是在散场之前就卖得差不多了的，因为顾客大多是些孩子，而孩子一般都是几斤几包地买的，好像非吃到过瘾不可。我对此鸡爪特别喜爱，除了在湘西吃过这种鸡爪，我在其他任何地方都没有吃到过。

　　场上其他空地上，或镇上砖房屋檐下，皆安置着那么一口两口炸饼、炸糕用的小油锅。十几年了，炸饼炸糕的人似乎永远都是同一个人。因为无论任何时候赶场，看到的炸饼炸糕的人永远都是一个老妇人，不会再有第二个人来接手这传统的饮食生意。

　　场上最引人注目的应该要算那个搭建得最高大的木棚了。里面由两个妇人——一个中年妇人和一个老妇人经营粉面生意。木棚里修建了一个灶，

放置了两张旧长桌，桌子上堆着还未来得及收拾的碗筷。乍一看，你会觉得这个木棚异常寒酸、肮脏。但若走进去问老板要一碗粉坐下来慢慢吃着，你便会感觉到那份生活的真。因为你是在一个质朴的地方同许多质朴的人一起吃着质朴的粉。偶尔有小孩子因辣油溅入了眼睛而大哭，正在煮面的老妇人便会赶紧拿一条湿帕子递到大人手中。还有一条不知谁家的狗跑进来吃掉在地上的骨头。一个少妇抱着的一岁多孩子未来得及告诉妈妈一声就将一泡尿撒在长椅上了。少妇向老板借了抹布认真地擦了起来，非擦得锃亮不可。在这样的木棚里，充满了人情的温暖，无不让人体会到人性的善良与单纯。

如果你耐心地沿着场子绕一圈，听得最多的肯定是讨价还价的声音。人们常常为了那看似微不足道的一毛两毛钱而争执不休。我看到一个在买一把白粉条的七八十岁的老人正为一毛钱与摊主争执着，别人或许觉得他顽固、老奸巨猾，但我却在他身上看到了那份对生活的执着、坚持与努力。整个场上的年味就融在了人情味里，而人情味，无不融在这种对生活的执着、坚持与努力里。

在赶场的人群里惬意地遨游，如果你是一个有身份、有地位，或在都市生活中饱经风霜的人，那么最重要的一点自然是要入乡随俗了，否则你会觉得自己破坏了一幅和谐的生活画卷。

嫁女

午后的阳光沉稳宁静，从四面八方呼吸到的空气，也都充溢着安详的味道，这个季节的阳光，终于可以喝了尝了品味了。

宽阔而又幽深的寨子里的稻田连绵起伏，一脉一脉灰褐色的稻茬似生了锈的海水般涌动着。河岸、田塍上，高大的榆树上突兀的枝丫瘦弱、单薄，它们相互磕碰，丁丁嗒嗒。古老的棕色木房与崭新的红砖高楼朝着更远的方向一排排铺展开去。一蓬蓬浓郁的炊烟在田野与房子之间的沙子马路上升起。

"噼噼啪啪！"一阵炮仗声在沙子马路上炸开了。每个人都知道，凡是燃了炮仗以表示一件不伟大却也不平凡的事发生了，那么这炸裂的乐声是要延续不长不短的一段时间的。持续不断的细碎的噼噼啪啪声里又似响了炸雷，给每一双耳朵传达一重新的信息与惊喜。轰轰，梆梆，咚咚，一颗颗礼炮嗖嗖地直往高空蹿，蹿到一定的高度自然要绽放生命的繁华与意义。一个金黄的光点炸开，另一处又炸开另一个火红的光点，仿佛天空被一个个看不见的拳头击出了一朵朵灿烂的红晕。耳朵似被一种不容抗拒的力量进攻着，尽是热闹的炮声，尽是欢喜的人声，尽是喜庆的激烈和冲动。

大大小小如珠落玉盘、如瓶颈迸裂的声音里又渗入了另一种敲铜锣的声音。我们知道，若是晚上敲，则是哪家娶亲了，但这时敲，一定是哪家嫁女了。这铜锣声不是单一的，而是和谐的、丰富的，是由一行专门敲铜锣的"乐队"在演奏。其实这行人并不能算是乐队，只是嫁女的人家请来的寨子里会敲铜锣的几个农民，他们来帮助送女迎亲。敲铜锣是讲究韵律与谱子的，它有规定的三大类谱，三大类里又分为多种小谱。一般型的节奏是"拍／镗，拍／镗，拍拍拍／镗拍／镗拍／镗，拍拍拍／镗拍拍镗……"这些敲铜锣的农民，必定是自儿时起就跟着家里大人学的，或是为着那点对民间音乐的爱好，

但多半是为了在寨子里或别的地方嫁女娶亲时挣包烟吃，或者得包喜糖、得条帕子，当然还有一笔小小的报酬。

父亲也是从十几岁便跟着爷爷学敲铜锣的。家里三弟兄两姊妹，女儿家是不作兴学的，三弟兄中又只有我父亲一人学得了这项手艺，也许是因为那另外两个叔叔不为那一点报酬所动，也许只有父亲有这方面的天赋。各人有各人的选择，生活的选择，任何人也难以捉摸。我七岁刚入学时，弟弟满三岁，两个堂哥大我几岁。那时父亲常给我们讲解敲铜锣的技巧，他并不拿真实的铜锣演奏给我们听，只是嘴里念着谱，手掌拍击着节奏给我们看。但只有我学会了敲铜锣的节奏，到现在也能轻松地拍击手掌演示出来。但我终究不会将这项艺术延续下去。我知道，父亲会失望的，寨子里的许多大人，都会失望的。这失望总是难免，就如我们家族是世代行医的，医书传到爷爷就传不下去了。许多老辈人们寄予厚望的东西逐渐被发展中的时代斩断、消灭，少数民族的许多习俗也随着生活的汉化而汉化了，这敲铜锣，只是其中一种。

大小炮仗声、清脆悠扬的铜锣声在接近嫁女的人家时也渐渐稀疏、寂静下来了。这时嫁女人家的阶檐、宽敞的天坪、各个房间挤满了热闹的人，充斥着热闹的谈笑声，至少来了半寨子的人。嫁女的父母便接待了敲铜锣的队伍，留他们吃下午两三点左右的正席。吃正席时来的若是主事人家的亲戚，则要在老远的地方就放起一盘或一截炮仗，来的若是寨子里的乡民，则只要拿着几十块钱和一个水壶或者一盆花、几条毛巾到主事人家里挂账即可。挂账人定是寨子里一位能写几个漂亮字的老人，因为挂账可半点马虎不得。下次其他的人家做事吃酒席时，你也要准备一定价值的礼品和吃酒钱去还人情。虽然看起来是斤斤计较，但任何一个人还人家的人情定不会少于自己收到的人情，只会送相等或稍丰厚一点的吃酒钱和礼品。人性化的人情原本就不需斤斤计较的，挂账，不是为了弄清白谁家给你拿得多谁家拿得少，以此来衡量亲疏关系，而是怕少去或少还了哪一家。每一个吃酒的人，都希望将自己的一份诚挚而朴实的祝福送到主事人家里。这便是淳朴的乡村中，淳朴而珍贵的人情了。

在宽敞的天坪里，已经摆满了七八张方桌，一桌围着七八个人，满心欢喜地等待美味可口的菜肴上桌。菜肴几乎跟过年时的一样丰盛，鸡鸭鱼肉各种荤菜，青菜萝卜多种素菜，哪一样都不缺少。一个高高的大蒸笼里盛着满满一蒸笼的饭放在天坪中间，米粒饱满圆润，如玉如钻，芳香美味。大人若是带了小孩儿来，必先盛了一碗饭，夹几个猪蹄，剥一块清蒸鱼的鲜美的肉，喂那孩子吃了，吃得孩子抹着油乎乎的嘴巴，摸着圆滚滚的肚皮跑离了饭桌，大人这才满意地自己吃起来。饭桌上，男女老少皆高兴地谈论着与女子出嫁相关的事，每个人脸上都洋溢着幸福的笑容，仿佛这家人家的幸福，也应当有他们一份。毋庸置疑，每个人都会这样认为。年纪轻轻的男女自然早早就放下碗筷了，剩下的兴味就由年长一点的人去享受了。在天坪里吃着农家喜庆饭，你能感觉到徜徉在露天的快乐，也似乎才觉醒——"噢，我是在温暖的蔚蓝的天空下吃饭的！"看着如海潮般匆忙又活跃的人群，你能感受到他们并不仅仅是为自己能活着而活。他们是为了那个可靠的、深刻的、坚定的意志而活，那个意志也许是幸福，也许是希望，很难说清楚，但一定是包藏在美好生活中的意志。

这时待嫁的女子仿佛已被即将到来的新生活填满了心，填满了肺。她躲在那间住了一二十年、将要离去的闺房里梳妆打扮，着一身缀满碎花的深红色旗袍，在后脑勺上盘了一个精致的发髻，发髻上插着一排红花，宛若一只娉婷的凤凰，言语神情之间流露着娇羞与渴盼。还有三五个要好的女伴在闺房里陪同，如小龙般活泼俏皮的女子会与女伴笑如往常，而多愁善感的女子必会轻蹙了双眉，含一汪清波在眼里。这两类女子也形成了土家族嫁女的约定俗成的习惯。

先前兴的是哭嫁。待热烈的光明消融于柔和的黑暗之中，热烈跳动的人心也在夜色中柔和起来。女子出门时由婶婶或姨娘背着，中途女子的双脚不许落地。乖巧温柔的女儿便在背上落了几滴泪，起了一个悠长的势子唱着：

哎——
月亮团圆团十三，
母女团圆难上难。
月亮团圆团十五，
母女团圆望过年。

作母亲的也攥着鼻子红肿着眼睛唱道：

哎——
我喊亲家公你喊爹，
我喊亲家母你喊娘，
头戴大帽身穿红袍又喊谁？
我喊郎来你喊夫。（郎：女婿）

女儿表达了不舍之情，母亲嘱咐了女儿为妇之礼，敲铜锣的队伍便又一路演奏着土家族最传统的声乐送女子去男方家。一心念着父母含辛茹苦的养育之恩的女子，有的要一直哭到男方家，作为陪同的几个女伴也跟着哭。有的女子甚至哭满一个月。情感韧性强点的女子，不容易掉泪，也只在出门时落几颗泪以尊重习俗。各种情况，均得视出嫁女子的性情而定。任何一种以尊重人的尊严、自由为前提的民俗，原本就是无好坏、善恶之分的，它只代表了人民的一种美好心愿。它的延续会为整个大民族输入新的文化内涵和更丰富的文化养料。民族文化，就是珍藏、继承、发展的文化。当然也有一些违背了人的良心和道德的，这样的风俗是不应为人所持存、保留的。

时代的车轮在精彩的生命长河中滚过两条无限长的深深的车辙印，车辙印里积满的清水就是时代的收获。随着时代的发展，土家族的哭嫁习俗已渐渐从历史舞台中隐退。当今时兴的是请城里正规的大型乐队打鼓、吹唢呐，齐整的队伍穿着整齐的朱红色服装，演奏的是调子分明的乐曲，一般是经典红歌，我最常听见的是《当兵的人》、《今天是个好日子》等。女子还是那一身凤凰似的装扮，这种新嫁娘的打扮一直留存、延续着，没有改变。若让她们仿效西方结婚的装扮，挂一身缥缈的白，看起来似天使、如圣母，恐怕她们是不那么愿意接受的。这样的婚礼装束也是中国自古以来推崇的装束，红红火火，大红大紫，一派大气的热闹、喜庆。我们在婚礼的服装、举办仪式等方面应该保留一些中国的特色，就像春节、端午节一样，若一味崇洋媚外，丢弃了古老的传统文化，那着实是一个不可估量的损失。如今出嫁女子的一颦一笑、举手投足皆像红蜻蜓点水般的轻快、喜悦，出门时坐进饰满玫瑰和百合花束的闪耀着亮光的轿车，还有一行轿车队伍前前后后地作陪同。车子可以是各种颜色，以朱红色为最佳，但一般是忌讳白色的。这一点也是中国人的特点。女子照例途中不许脚沾地。到了男方家门前时，进不进屋又是另外一回事了，得看门槛上摆放的红包的薄厚来决定。若女子觉得薄了，不肯进屋，男子这方面就得再添上几张百元红纸币。直到这时，女子才真正地成了新娘子。视红包厚度进屋，当然也并不是女子贪婪爱财，因为嫁到男子家里，她的所有，也全都给予了一个新的生活，一份新的坚守。出嫁的女子必能体会到爱情的期望与现实之间，隔着一条艰辛、迢远，而又斑斓绚丽的道路，属于人的预期，也将获得属于人的果实。

作为新娘女伴，我可以随同新娘一起进屋。当我看到那一间布置得甜蜜美丽的新房，那一张无拘无束的新床时，我留下了一种跳动的漾着生命色彩的印象，犹如激荡在绿原上的一道光。

晨雾中的太阳

一轮银白的太阳从雾霭弥漫的光秃秃的枝丫间升起，阳光被缥缈的云雾洗得如牛乳般又白又亮，白得纯净，亮得柔和。睁着眼睛看它时，竟像看着一轮沉静的圆月。

苍茫无垠的大地笼罩在宽大厚重的迷蒙里，唯独那片错综交叉的枯树枝受着神圣的晨雾的洗礼，太阳抚摸在树枝梢端尤其显现出一派庄严与肃穆。仿佛这幅美妙的晨景不是为大地上的某个人而安排的，也不是为某一种生物而安排，而是为着大地上永恒的力量。这种永恒的力量是什么？我的胸中隐隐有一种难以道出的期待。伸出纤细的五指在头顶晃动，只见五缕晶莹剔透的光柱在空中划出不规则但却充满生机的痕迹。

"花……"一个甜美细腻的喊声从雾中不知什么地方振荡而来，我耳边的白雾有节奏地觳觫着。仿佛有个人不约而至地在未知中等待你许久了，又仿佛是从上天突然间降临下来那么一个人，同你分享不可重复的风景。所有的假设我都无从去细想，只是内心跳动着比白雾的觳觫更热烈的激情。

一只纤弱但有力的手揽过我的双肩，一团淡淡的黄雾犹如一朵娇嫩的黄花在我眼前渐次盛开，比这朵盛开的黄花更美的是一张女子的笑脸。我感到意外并按捺不住内心的喜悦，是什么人什么事什么力量将这位数年不见的女孩送到我的面前？莫非是上天送给我的一份最好的礼物，如同我是给今天这个晨景的一份最好的礼物。任何人、任何美都需要另一个人、另一份美来见证。倘若没有那一截截瘦削的手指般的枯枝，那么今早的太阳也要黯淡几分。

"没想到你真在，我特意回来看你，原想只是碰碰运气。"那双手从我肩头滑落，她在一块为雾濡润了的石板上安静地坐了下来。一朵高傲的黄花瞬间收缩成蓓蕾。

我也就势拣了个青石板跟她并肩坐着。即使多年不见，我们也并未让时间与距离隔离得生疏，因此两个人见面没有少一分亲切，也没有多一分热情，好像两个人昨日刚从这两块石板上起身各自回家，今晨又很自然地在这里坐下。我询问她的近况，她的眼睛如太阳一样澄明，但嘴角安置着两道透露出生活艰难的线条，似接受，又似抗争。我是知道她的不易的。我们同时从中学毕业，那年我有幸升入师范大学，她因中考分数不十分理想便放弃了升学的机会。她对上学的渴望是很强烈的，只是家庭负担沉重，不得已去沿海地区加入打工者的行列。我想起每回经过她家屋子时，总能听到屋内男孩儿女孩儿的哭闹声嘈杂一片，而女孩儿的哭声又像放了闸的河水般又急又多。三个女儿、一个儿子压在屋里，比堂屋的那根房梁更重。而之所以养了这么多女儿，终归只是为了养个承宗接祖的儿子出来。现实的责任又该由谁担负呢？孩子养多了是父母的过错，重男轻女是家族的过错，但自生到死生长在边陬僻壤的人们的思想是很难跟随时代前进的脚步来变化发展的。不可更改的事实终归是她作为长女，必然地将求学的机会让给弟妹。如果她只是顺从与生俱来的命运，对生活以忍受的态度来过下去，那么她是不值得我费一番笔墨来描述的。我若以自己廉价的同情来怜悯她，那么则是降低了她苦难的价值。

"翻年去长沙，记到留意一所计算机学校，明年来找你。"她微笑地说道。一颗颗笑声在看不见的雾气笼罩的地面跳动，发出一串清新悦耳的声音。一丝丝吸饱了夜里露水的雾缠绕在她指尖，被她的小手捏得粉碎，在掌心留下一摊清亮的水。那是比雾更真实更透亮的水。生命原本就如这水一般清澈干净，可触可感，虽然流动不止但仍忠诚地皈依于大地。偶尔不巧命运将它变成缥缈不定的雾，无踪无影，无来无去，只是以假象魅惑着行走在雾中的旅人。可就那么轻轻地在对的时间以正确地姿势一捏，就毫不费力地还原生命的本质。她告诉我，她打工一年以后将所得的钱全用来交学费了，现今在一家职业学校学计算机专业，算起来已就读两三年了，明年打算到长沙一所计算机学校去读。末了她还嘱咐了一句："离你近些的。"我心里十分感动，觉得眼前的雾又模糊了一层。我当然不能带给她什么，只是无论时间过去了多久，她却还一直惦念着我这个生命最初的友人。我知道她惦念我就如惦念那素未谋面的未来，惦念那未来又如惦念刻骨相交的我。一个人能被另一个人这么惦记着，该是何等的幸福，生命和命运能被这么一个勇敢的人惦记着，该是何等的珍贵！

"你……自个儿挣钱交学费？"我终于满怀无奈又满怀欣喜地问道。她轻快地点了点头，嘴角的那两根强韧的线条也变得圆润了，将人的视觉也抹得酥软。在太阳的金色光束穿透浓雾之前，她还得赶回保靖城里去工作，赚回下一学期的生活费和学费。

我原以为她会同大部分打工的女孩一样，按照预定的无形的生命轨迹去走。辍学，打工，结婚，生子，终老，这样的生命是笔直的，似乎没有任何停顿，但又在笔直的路上被脚下凸起或凹陷的迷惑与悔恨磕碰得遍体鳞伤。雾霭这样浓、这样漫长，太阳得走多久才能最终将它的金色光芒撒播到大地之上呢？人生的路这样厚这样漫长，她得走多久才能到达烂漫而健康的彼岸，实现人生的价值？但我知道不远了，不久了，你不是已经看到，太阳的烈焰正在天空的中心燃烧，银白的太阳在秃树丫上滚出一条火红的路线。

一片金的银的光芒耀花了我的双眼，我不自觉地闭上了眼睛，只听得金银在光与影里撞击出铿锵有力的"镗啷"声。待我睁开眼时，她已不见了，许是回城了吧。只见太阳，已稳健地登上了万丈高空，大地上和煦温暖，一片灿烂。

此时的美好，我想每个人都看见了。

水牯牛

一个人一辈子能有关于一头憨厚忠诚的牛的回忆，他将是幸福的。

与其他兽物相比，虎太过强势而且残忍，马威猛但难于为人驯服，狐狸妖媚且缺乏必要的诚信，龙又似乎只存在于人们最美好的愿望之中。故对于人而言，没有哪种兽物比得上牛实在，亲切，重要。

混沌初开之时，生命万物皆在无限宇宙中占据了自己的一个位置，而每一个位置却又都那么合乎自然法则的要求。不管牦牛还是王牯牛、水牯牛，同人一样在与自然或同类间的不顺心上做些斗争外，皆那么自由自在地生活在美丽富饶的大地上。人作为万物之灵长必然有能力有需要去驯服一些思想不及我们的动物来为我们的生存而服务。也不知是谁第一个驯服牛来拉犁耕田，也就是这样，牛的使命与存在的意义仿佛就是忠实地拉犁耕田。

南方不适宜牦牛的生存，而我家又似乎只适合养水牯牛，因此我最熟悉、感情也最深的，理所当然就是水牯牛了。

它没有一个确定而动听的名字，即使最富才气的诗人也不忍心为这样一个老实厚重的生命取一个固定的名字来禁锢住它。父母亲每回只是称呼它最原始的名字——水牯牛。而它也那么乐意并诚恳地予以回应——从它的两只黑乎乎的大鼻孔里喷出热乎乎的气流，让人感受到淳朴的土地的温度。随着气流而涌出的是如冰晶般明亮的涎水，同时它的眼睛睁得大大的，如一双圆滑的铜铃，真实地映照着这个奇妙的世界和各色各样聪明的人。你却也怀疑是这个奇妙的世界和各色各样聪明的人共同凝聚成这两个铜铃。到底其中是浑浊还是明净，却也只由各人去辨别了。然后它甩动着粗大蓬松的长尾巴，从容地一步步跟随主人的召唤，身体透明的绿蝇子和贪婪的长脚蚊便嗡嗡嘤嘤地在它臀部、四肢、肚皮周围转悠。

它强壮的身躯值得我们一家人信赖，那份坚实的力量就像屋后的那座高山一样给人护佑和依靠。太阳光划过屋脊照到水牯牛身上，在它身体另一侧的敞坪地上画出一面宽大的影子，一家人蹲到影子里犹如蹲在一间阴凉的房子里。一条笔直坚硬的脊梁骨从它的脖颈直拉到尾巴根上。头与身子之间的脖子就像是安装上去的一个木桶。两只弯曲的犄角像两把磨得崭新的镰刀，闪烁着金属的银白光泽。两只犄角是它权威的象征，也是它本真的标志，就像狮子斑斓的纹彩是它王的标志，是光明和力量的象征一样。看着诚实地袒露着自己一切的水牯牛，我不禁在我自己身上寻找作为我是聪慧的人的记号，却许久找不到答案。代表人本质的一切标志和象征是掩埋在外表下的，并不体现在容貌、财富、地位上。

它有一副温和的脾气。父亲耕田时一边吆喝一边挥动手上的棍子拍打在它的臀部、肚皮上，以致它这两处毛发稀少，显得更为光亮。它听从着主人口号和棍棒的调遣，一步一步哗啦啦走着直线、曲线，转着圈，反反复复，犁出渐渐变深的垄沟。一块稻田，新翻的泥土和涌动的浑水融合着，欢腾着，等待着来年稻谷的下种。水牯牛，就在犁过的稻田里，满足着，跟父亲在蛙声和稻花香里满足是一个性质，只是一个待丰年，一个说丰年。

我尤其喜爱倚靠在它的肚子上，看它四四方方的指甲大的洁白牙齿在草坪上啃出一排整齐的齿印。一次我在长满绿芜的土地里放牛时，未得到它的容许而骑在它的背上。我想象自己正骑着一匹威猛温驯的马在无垠的草原上驰骋。清风如一首嘹亮的歌振奋着我的心，也振奋着水牯牛那颗壮硕的头颅。葳蕤的青草纷纷倒伏在我们脚下，仿佛在向我们臣服。如果说身

体与心需要有一样行走在路上，那么能随同这么一位勇敢的伙伴跑遍天涯，倒也是一种人生的乐趣和兴味。我拿茶木棍在它背上轻轻拍打出不均衡的节奏，它的脚步却纠正了我的错误而轻松地跑动起来。我没有尝过骑马的滋味，但骑在这头水牯牛背上却让我对于飞奔的感觉终身满足。咔镗，它的右前脚在下土塍时踩滑了，我无意识地摔跌下来，脊背磕在一块嶙峋的石头上，尖锐的疼痛从背部传遍全身。我缓慢地站起来。人在面对一头忠诚但毕竟没有思想的牲畜时还是只得指望自己。也许是侥幸，也许是必然，我的身体并无大碍，但从此以后我自然不敢再亲近它了。念着它终究只是一头牲畜，即使无意中犯了过错你也不能去责备它。

它在空旷的田野同别的水牯牛混在一起时脾气便不再温和了。有时近处或远处奔来一头公牛，它空灵的黑眸子便顿时像燃烧了两把火，直朝着那头公牛冲去，于是出现两头牛争斗的情景。两头牛打持久战时，两对犄角像一把交叉的树枝，在两颗牛头之间生根了。进攻或防守时，则像四把镰刀交错砍着拼着，"喔唧唧"，刀与刀切割出清脆的声音，让人听到生命抗争和进取的声音。这个斗牛的场面也正显示出湘西汉子血性的特征。若来的是头母牛，它的眼睛里也会烧着两把火，只不过是激情的烈焰。登登登奔跑过去爬上母牛的背，自肚皮下伸出最贴身的武器欲侵犯抓获的俘虏，但多半不会得逞，不等母牛自己跑开，另一位主人就来拆散这一对了。牛的交配不可大意，主人一定在寨上物色好了哪家的公牛才放心地让自家母牛接受更高级的交配。旷野上寂静时，听不见一声牛铃铛的"丁零"声，它肚子里吃足了草也不安心反刍，只是在泥塘里打滚以表示对炙热的太阳的不满，最后全身涂满了淤泥，只露着两只水灵灵的眼睛在泥堆里转动，可太阳依然平静地按它自己的规矩热辣辣地炙烤着大地、大地上的牛和大地上的人。而后，稍不留意它便挣脱缰绳不分方向地乱窜，这就得花费一家人不少的精力方可制服得了它。

制服它之后必会发生一场不可避免的悲剧。父亲将它关在牛栏里，拿着一根手腕粗的长扁担将它痛打一顿，一棍一棍砰砰地打在它背上、肚皮上、屁股上、头上，甚至那两只崇高的犄角上，它从头到尾都留下一道一道横竖错综的血红色的扁担印痕。我的心里充满悲伤，它的表情却沉静得同平常一样，神态也没有任何改变。眼睛还是那样一汪泉水，澄澈，映照着我那张忧伤的脸。

后来家人卖掉了这头强健能干的公水牯牛。牛贩子来牵它时它的两条后脚紧紧抵在牛栏的门槛上，一颗晶莹的泪珠从左眼角轻盈地落下来，滑落成一串斜斜的彩色气泡，一捧柔软的柳絮，一片纯洁的白云，一份深深的情意——牛与人的情意。世界与人也在它的两只眼睛里慢慢凹陷下去，凹成一个平面，一个点，一片虚无。接着买入的是一头母水牯牛。人的五官单独来看几乎没有多大的区别，但一张面容的神态形成一个人特有的容貌。同人一样，母水牯牛的五官与神态与刚被赶走的公水牯牛极为相似，它的体型也与公水牯牛相差不大。我便立即对它产生了好感，将两头牛放在一起，也许我也很难辨认得出。这是以假乱真，还是以真换真？

母水牯牛的脾气与能耐都与先前的牛不相上下。冬天时去牛栏给它喂干稻草时，从它宽大的齿缝间漏出一缕缕干稻草嚼碎的芳香，那整个冬天，也被芳香浸软、浸柔、浸甜了。那时节它产下了一头牛崽，半夜时分家里人正在沉沉的睡梦中，无人注意，牛崽便被夹死在栏板间。那个寒冷的冬天，也似乎更冷、更长、更涩了。当它怀着第二头牛崽时，不幸发生了。寨子里发生了偷牛事件，母牛被人牵走了。这成了无可挽回也不可更改的事实，这终归是它的命运，它或留在我家或被人牵走，或继续耕田犁地或上屠场做了牛肉，到头来都是一样的命运。人也很难操控自己的命运，何况原本就该是野生野长的一头牛呢。

如今，牛于我们的作用渐渐变得微小，直至消失。取而代之的是现代化的机器生产。我家的牛栏已拆，成了放打谷机、风车、锄头、背笼等农具的偏房了。我却觉得内心膨胀着空荡感。但无论如何，一个人一辈子能有关于一头憨厚忠诚的牛的回忆，他将是幸福的。

我的羊

缀满星星点点白色烟灰的背影佝偻着在屋檐下晃动，晃动成轻柔晶莹的画面与线条，晃动成几分彷徨，几许无奈。脆弱，孤独且坚决。

他拄着根漆得油亮的茶木拐杖，一顶破旧的黑皮帽歪斜着戴在头上，身着一件常年不见更换的黑皮大衣，一直遮到弯曲的膝盖处，宽敞的胸间仿佛掩藏着旧时代的光荣。他每天在屋檐下缓慢地挪动步伐，浑浊干枯的眼睛从皮帽下望着马路对面的那座高山。那里从前有过和尚居住，故名庙坡。

"喊你爹跟二叔赶羊去，到庙坡顶上，还有十一个，他们关到我不准我去。"我轻轻走进他跟前时，他抬起那张沧桑的脸庞告诉我他的心里话。匾平厚实的下巴裹在一篷白胡茬里，一条条横着跳跃的皱纹一直扯到两只宽厚的大耳朵下。他神态平静，没有久病过后的萎靡和衰颓。我听母亲说，他日里夜里要求父亲跟二叔去山上赶他的羊，而那一群软绵绵的如雪如絮似的羊儿早在他病危之前就卖掉了。我不知道当前面对的是一位给我起名字、教儿时的我认字的八十岁老人还是一个重返单纯淳朴的孩童。

我也冲动地想要告诉他事实，然而当他又一次肯定地说羊儿就在山坡上吃草并叫我去赶回羊圈来时，我又动摇了粉碎一个纯真的梦的决心。他穿一双鞋面裂了口的棉鞋，双脚搁在一个装了半盆木炭的六边形火盆盆沿上。在他那颗曾经聪慧勇敢，而今如混沌未开的头颅里最为牵挂的却是一群虽温驯但并不能与他交谈的羊儿。羊儿似乎比儿子更让他上心更值得他去念想。

"你莫听他们胡话，羊儿每夜在山脚歇息，我到坡上每夜同羊儿困觉。"

我顺着他所指的方向望去，葱茏的柏树掩映着峥峥峭壁，被秋霜冬雪打蔫了的椿树叶在繁茂的丛林中闪耀着点点明亮的红色、黄色、紫色。山脚绵亘着层层叠叠的长方形稻田，灰褐色的齐齐整整的稻茬铺满了田野。一簇牛乳和月光般迷蒙的烟雾在半山腰曼妙地升起，犹如一首土家味浓烈的乐曲缭绕在树丛间，那是有人砍了荆棘刺丛在烧炭。烧炭是当地延续下来的传统的取暖方式，而烧柴火烟雾大容易熏着眼睛。今天父亲跟二叔就是翻越几个山头，去水库边为爷爷烧炭去了。

有两块数年前从山顶滚落下来的颜色鲜明的岩石躺在山麓的水沟边上，莫非他就将这石头当作他那些听话的羊儿了。在岩石背后的常开满指甲大小彩色野花的草坪上，那只最大的母羊曾追逐过我，原因是我抱着它的两只羊崽玩弄。我们绕着圆形草坪跑了好几圈，一前一后，一后一前，它的脚步永远追不上我，就像它的兽性永远超越不了我的人性。自此以后，我对于羊总有几分挑衅意识与等级优越感，而爷爷，他同羊一起睡，一起跋山涉水，似乎委屈了自己的人性。他不是不懂万物平等、但万物仍有别，只是他在远离儿女的岁月里将对人的爱不得已转嫁给他亲手带大的、如亲手抚育成人的子女般的羊儿。

我又询问他为何要急着将羊赶下山，他回答说，应该牵回来在炕上熏成一片，我家三只，二叔家三只，剩下的分给邻居作年肉。然而他立即又反悔了，如一个孩子般忘却了前一句话。"实在赶不到就上交给国家，让国家给咱守。"爷爷青年时期当过兵，所以无论生活在什么年代，他的心里都始终挂念着国家。

爷爷参军是在一九九六年，他跟随部队到过江西、浙江、江苏、安徽、山东一带。他们团是七九二零团，团长是朱到亮，政委叫李淮章。爷爷当过五年班长。我问他怎么当到班长的，他露出一口粗大结实的黄牙，裤管扫过火盆的烟灰，说："思想进步。""毛主席接见红卫兵时跟咱们握过手，周总理问咱打哪来的，咱回答讲贵州。"——我们老家原本是贵州的，后来迁到了人烟稀少，山高水急的湘西一隅。

爷爷一直到二十世纪七十年代才退役回到老家耕田种地，他的军旅生涯也许是他一生最值得回味的一段过往。他只是一个普通兵，跟千千万万士兵一样，以平凡的身份沉默着履行神圣的职责，没有更多的人知道他的历史了，时代无限，时间无垠，任何一个人的历史相对于无限的时间而言都太渺小。我们必然多多少少会忘却历史进程中的一些疤痕与辉煌，个体的或整体的，但我们也有理由与义务，甚至以对人类发展的虔敬，来铭记一些人或事，可以关乎整体，也可以关乎容易被忽略的个体。

他回忆起他的从军时代时眼里闪烁着清明的泪花，他将最为灿烂健壮的年华奉献给国家，又将最为安定成熟的晚年施予一群羊儿。生命的两端是否平衡，很难说清。

"咩咩……"门前沙子路上的一棵杉树下摇摇摆摆走来一只壮硕的、犄角弯曲的羊。我想这时他的心里也许会感到宽慰，但他扯起宽敞的衣袖遮盖住了脸。"爷，你羊转来了。""你莫扯谎，我最大的羊有它几个大。"我看到了一位老人天真的执拗。"喊你去告大姑来赶羊你不去，你爹跟你二叔关到我不准我出去。"他倚在砖房墙壁上，几跟铁栏杆围着的窗子张着空洞的嘴巴。为防止他随处走动跌倒，爷时常就被关在这间屋子里，他的内心该同这潮湿的窗子一样绝望吧。自由、灵活、美好在这方窗子里挣扎，挣扎成一个老人迫不得已的顺从。

这场大病夺去了他的活力和生存下去的大半希望，他不切实际、不合逻辑的思考在多数人看来是荒谬的，而我却认同并且同情他的苦衷。我也相信山上正活泼地跑动着一群可爱的羊儿，它们小巧的蹄子跳跃出生命圆润的光点。隆起的蓬松的脊背划成一道又一道纯洁的、守望的风景。他深知自己在世已没有多少时日，除了羊儿已没有任何东西让他牵挂，甚至生命本身，他也没有去留恋。他说死是阎王的命令，抗拒不来的，死是天道，违反不得的。"好孙囡，能活还是活着好些，死了没得思想了。"

"那你还挂清明做么子？人死了没思想了，不得保佑人。"

"当然不得保佑人，做个纪念啥的。"

我确信爷爷在部队时的思想是进步的，也许他并不能解释思想是什么。而你我，谁又能解释清楚何为思想呢？难道仅仅将"思想"两个字以标准的汉语说出来就具备思想了吗？他的一生一定只规规矩矩地说过两次"思想"，一次在部队，一次在重病时期，一次在青春，一次在老年。先辈们对于严肃庄重的、深刻的字眼往往深思并谨记在心，当今的人们对此却任其泛滥于口角，而不是呵护于心加以珍藏——这是一笔世界的财富。

他的羊还在山坡上浓郁的树丛里温柔地歌唱，山顶的寺庙里响着羊儿脖颈上铃铛的清脆的铃音。和谐之音升上云端，载着一个人的希冀与祝愿。

冬日田野上的青草

连绵的田野镶上了一层酥脆的薄冰，一片微微起伏的银白色中泛着浓郁的翠绿色，又仿佛是翠绿里溢着脆弱的银白。

宽阔的水泥路冻僵了，狭窄的错综缠绕的田塍冻僵了，甚至将脖子缩进棉袄领子的行人也冻僵了。而唯独田野上的那一片翠绿，仍然涌动着一波一波柔和的泉源。

穿透狂野的冬天的寒风仿佛生了锈，拂过光秃秃的树枝时，在树枝上留下了点儿枯瘦的铜锈，滚过田野时在薄冰上留下咔咔作响的铜锈。一棵棵矮小的青草便摇曳着轻盈的身姿，荡漾着壮硕的生命的热情。待寒风将锈渍脱落在原野，随后席卷山头，消失在大地无边的角落时，一棵棵青草又将自己武装起来，举着一根根锋利的戟，一把把尖锐的剑。田野到处晃动着金属与金属切割的声音，那样庄重，晃动着生命与自然法则碰撞的声音，那样厚实。

自然法则既无情又有情。它规定春天百花盛开，夏天草木繁荣，秋季零落，而把贫瘠留给腊月。但在这为暴风雪侵略过的时节，田野上竟还生长着昂扬的青草，这是偶然与侥幸，还是自然留给大地的唯一一丝温存呢？也许没有人能回答出这个问题，但发生的都是必然的，我们也只得欣喜地接受自然赐予我们的这份欣喜。

那一点微不足道的雪屑消融了，仿佛经受不住青草浓浓的绿色火焰的炙烤，而从这个有严峻考验的舞台上退出了。现在展现在人们眼前的是无遮无拦的、清清白白的现实。路人皆行色匆匆，躲在屋里烤火的人也将木窗或铁窗关得严严实实。没有一个人欣赏这片廉价而珍贵的风景，他们在独自歌舞自己，演绎自己的草儿仿佛是孤独的，它们的价值无法得到衡量与确认。但这一切都是假象，只要生长在大地上的生物都不会孤独。农人们都明白

此刻自己的稻田里生长的是什么，那些青草是休耕的田地收获的欢乐，是一条条深深浅浅的垄沟治疗自己伤口的良药，是水稻从未谋面的亲戚。也是农人生存的支柱。农人们并没有停止对田野的劳作。只要推开门放眼望去，远处或近处的青草就会告诉他们这块田地是存在的，这块田地是肥沃的。到了温暖的春天，农人搬了耕犁或驱了耕田机来到田野，黑土地上便跳跃着牯牛诚恳忠实的身影，响着机器隆隆的喊声。到处充斥着新翻的泥土的芳香。而忍耐了一个寒冬的青草，成了杂草，一棵棵、一蓬蓬、一片片地跌倒在水田，被寒光闪闪的金属碾得粉碎，葬身在千万道垄沟里。它们的价值这时又得到了双重肯定，有价值的事物总要牺牲的，青草牺牲给田野，牯牛牺牲给田野，人，最终也会牺牲给田野，牺牲给生养我们的大地。

但无论如何冬天的田野上的青草绝对不等同于杂草。它们不像六月里的稗子，挤在禾苗中抢夺养料，又要辛苦农人们下到没膝的泥中弯腰拔掉稗子。而它们生长力也极强，常常剩下没有拔掉的一两根稗子，又会繁衍，蔓延，着实是作物的一大危害。而冬天的青草，是稻穗在收割那一刻就向它们嘱咐好的，在寒冬腊月帮助照看田地，田地太过墩厚，只知一味奉献，给予而从不索取。农人在年末要在家里对一年来的耕作进行总结。因此青草便俨然成了冬日田地的守护者。这一个个守护者同荒漠中的军人一样，以寂静和忠贞驻守在中华大地的边疆。这一个个守护者同边陬僻壤里的工人一样，他们默默开垦荒土荒山，修建险峻的山峰里的公路，建立起一条条人与人沟通的桥梁。我每次由外地回到湘西，坐长途汽车时总会看到公路上拿着铲子，铁镐，戴着头盔的工人，即使大雪铺天盖地，他们也要一铲一铲铲着沙石，挖着泥土。人们得以目睹如银龙一般蜿蜒在重峦叠嶂的山群里的公路的雄伟姿态，却不会知道一个修筑公路的人的名字。这份静默与守候，是何等的崇高啊！想到这里，我觉得那些没有人种植、没有人收割的青草，仿佛是另一种力量与精神的象征。

我走进田野，一朵朵娟秀的浅棕色梅花印在堤岸上，不久之前一条满身人情味的大黄狗轻快地跑过，它的眼睛里，一定有植物与动物交织的那条线划过。靠近田塍的田野边缘，歪歪斜斜躺着一只只脚印，是哪个刚到镇上赶场买完年货的老人留下的吧。被每一只脚印深埋过的青草，又毅然地昂起了头。

"没有人种植我们，没有人收割我们，却有人读懂我们。"冬日的田野呈现一派清新得可怕的美，和一声声大声呼唤着的寂静，深深镂进我的心灵。

第二辑　那一掬生命的泉水

第三辑

山崖上的星星

南京御道街

正阳老年公寓在御道街光华西门，是这条街上唯一一所老年公寓。它有一栋五层的红棕色楼房，一楼作医疗室，其余住着年过半百的老人。

房子正如上了年纪的人，墙壁有些地方剥落了，露出点点愁容。但老人的心态却恰恰打破了房子与年龄的协调。院子里遮天蔽日的榆树环绕成错综交叉的林荫小道。阳光透过枝叶间的缝隙打在细沙铺就的路面，路面仿佛成了一片时断时续的涌动的海面，海面上形状不完整的银光闪耀着精彩。你便也觉得生活的全部精彩就被这遗落的琐碎的光与影轻而易举地道出来了。

中午时分，三两个老妇人坐在路边，或拉家常，或将眼睛眯成一条蛛丝静静凝望着上空汹涌着的叶的海洋，似乎要看个究竟出来。那种探求未知的人的本能以一种不可知的形式镶入了波谷与浪尖。女人的老年生活多半平静得不起一丝皱纹。然而我有一次看到一位六旬妇人蹬着一辆三轮车在院子里收废纸盒，生命力在她脚上依然蓬勃强壮，以青春过剩的能量一圈一圈循环着还不该结束的使命。男人的老年生活正符合他们喜好冒险、刺激的天性，仍然膨胀着那点不安。一棵榆树与一棵高过人头的香樟树下砌着一个圆台和三个石凳。绛紫色的晚霞涂满公寓的红棕色墙壁，呈现光与光的交替，影与影的重叠。老人们就提了烟袋围着圆台下象棋。每一步棋都走得那么从容而庄重，仿佛下一盘棋就是一次重走人生的过程。他们已开始预见到新世纪的来临，眉目间生出霞光的色泽。也只有在老人的棋局中，才会使得每一颗棋子的每一步都充满了生命的意义，而不仅仅只是一回高雅的娱乐。

出了公寓院子往东走一百五十米，卧着两条油烟铺成的小巷。两条小巷垂直于御道街，如一条河衍生出两条垂直的支流。巷子里经营最传统的饮食业，全是一家一家挨着的面馆，粉馆，饭馆。与御道街垂直的一条巷子里有一家面馆，老板是一位三十来岁的妇人。三张干净而破旧的长桌无可奈何地挤在巴掌宽的店里，妇人就在店门口临街烧菜。她的一个二十岁左右的儿子时常从店里的天窗上顺着木梯爬下来，帮妇人端盘切菜，看样子是大学生。后来我又听他同一位客人谈话，估摸着店家是武汉人。店子小，不管是来一两个人还是七八个人，不愁装不满，而每次我去店里总看到顾客不少于三个。我点一盘菜刚坐下，妇人就将菜端上桌。我想，妇人做的菜味道好、速度快，是她生意好的原因吧。但有一次，我清晨六点到巷子里来吃饭，所有店子都咬着牙紧闭着嘴，以适应这座城市的节奏。正当我没奈何之时，妇人的面馆"咯咯"开了，呆板生锈的"咯咯"声立即在我眼里闪烁出香喷喷的火焰。我告诉妇人我昨晚到今早腹中空空，她就在端来的面里放了两个蛋。我预备付面加两个蛋的钱时，她却只收面钱。我疑惑地望向她时，她却用左手擦着额上的汗珠照看煤火去了。店里只有我一个客人，妇人是不会错加了两个蛋的。嘴里蛋黄的余香不觉溢出阵阵苦味。我跨出店门时，一位抱着个三四岁男孩的老大爷走进面馆，妇人煮好了面从货架上拿了一瓶花生牛奶，倒了一碗给小男孩，不住地刮着男孩的鼻子逗弄他。我知道，她只会收老大爷一碗面钱。

圆锅下的火苗越燃越旺，苗尖儿上泛着薄薄的蓝光。妇人的绣花红围裙竟像新娘的盖头隔着火苗飘飞。她的腰身浑圆丰满，玫瑰色的脸庞在火焰里闪烁出未出嫁前的娇羞与天真。

与御道街平行的另一条巷子似乎热闹了些，一家快餐店老板娘尖锐的叫声似一把利剑劈在巷子两旁的低矮的建筑物上。她后脑勺上耸着个油亮的大发髻，几缕卷曲的黄色发丝拂在额前，面容如成熟的菊，腰间系着一条如菊般成熟的金黄色围裙。

"八块。"

"八块。"

永远是八块。两间宽敞的店子由两个青年男子打理，她只负责站在招牌前收取一成不变的八块。逢女客人，老板娘只顾低头瞧那平的皱的纸币或光滑的硬币。来了男顾客，老板娘在收钱时总得妩媚地递几个秋波。顾盼之间，流露着她还是姑娘时的万种风情。

也许这八块同她那短暂而稳定的青春一样具有难以抵挡的诱惑。过些

时候，又如她增长的年龄般增长起来。没有多少人会去关注快餐涨价，只有常去店子带饭上班的几个酒店女服务员和几个自己不方便做饭的老人才会注意这微不足道的变化。如老板娘的风情与衰老，只不过是路人眉目间稍纵即逝的风景罢了，既难成为真正的短暂，也不能成为永恒。

只有在阳光普照街巷时，两条如姐妹、如兄弟的小巷才更换另一种颜色，黑里透黄，黄里浮黑。巷子里的人声、车声也夹着点儿欢快，而快餐店老板坚硬锋利的叫喊声是明快的调子里的主旋律。

在每个披着轻盈透明的雾霭的清晨，小巷均匀的脉搏与华丽气派的御道街押韵合拍。庄严神圣的气氛笼罩在高高低低的青灰色建筑物上。此种静谧犹如婴儿沉睡时的安详，仿佛在枕上有那么一个母亲敞着胸，那么一个父亲露着怀，或者一个精灵将这份宁静托在掌上。如一朵朵白莲花似的鸽子在小巷两旁平坦的、积满了烟尘的屋顶上啄食、跳跃，扇动双翅在迷迷蒙蒙的晓天里飞翔，转着匀润的圈，划着轻快的线，不久就又端正地落定在屋顶上。天高任鸟飞，鸽子却将这份对清晨小巷的守望系在雪白的双翼上。这份守望该是多么沉重，足以抵消鸽子身上的雪白的重量。

我站在能与鸽子对话的巷子中央抬头仰望，假若高处没有一颗活的灵魂，那么一个人站在世界的一点抬头仰望的姿势是可笑的。鸽子的翅梢与第一道紫金色朝阳完美地相切，如一条毫不迟疑的直线切上沉甸甸的圆，"噔啷"一声，光与生命相切的声音纯净清脆。鸽子留恋但又欣然地飞向温润灿烂的高空，变成花、星子、盐粒，最后成为一条渐趋隐没的实线。生命的实线也是如此吧，一路弯曲向上，宽度不断地被消磨，最后沉入无边无际的虚空里。我低头望着在人们脚底下磨砺得圆滑了的沙石，我同其中任何一颗一样，都无法越过这道蔚蓝或莹白的空中峡谷。它在人们的头顶昭示的永远是明丽而又晦暗的希望。

平行的巷子的尽头连在御道街的末梢，末梢处矗立着一座富丽的肯德基店子。店里的环境与两条巷子相比简直两重天地。拣个靠窗的位子坐着，空调的冷气如蛇钻洞般灌进脖子。隔着玻璃看着大街上疾驰的亮闪闪的名牌轿车，打着小阳伞踏着十英寸高跟鞋的女人，流着满头汗舔着冰淇淋的孩子，看着看着，看到一股乱舞的灼人温度如孩子舔冰淇淋般舔舐着人们的肌肤，甚至烫熟烫软烫化了层层叠叠的或黑或黄的灰尘。店内店外又是两重天地。

两重天地往往只隔着一块玻璃，正如人性与兽性只隔一张白纸般既远又近。其实玻璃只要轻轻一砸就破了，但人类继续发展继续存在的任何一个城市都像造物早已安排好了似的永远在人与街、人与车、街与街、人与人之间横着玻璃。

店里常来年轻男女喝饮料、吃炸鸡腿，中午酷热难耐时，也有一群老年人来店里聊天，他们不吃鸡腿不喝可乐，占了一块可以容身的空间便满足。店里人也并不赶人的，年轻男女常自觉地把位子让给老人。在这个宽敞又清凉的空间里，消费与出售，利益与亏损已不那么分明了。在挂着英文牌子、弥漫着西餐香味的店里，中华传统美德彰显出来，又与另一种文化相吸相融。夜与白昼的交汇点，是最具力量、焕发最美的希望的黎明。

逆着御道街向西行一公里，便寻到这街名的来源。御道街的起始处就在这明故宫。明故宫如今仅留了两座明朝时期的宫殿，被修建为一座公园，名为午朝门公园。仍可从中寻出一些时代碎影的是午朝门公园的午朝门——墩台。

墩台十米宽，八米高，其中五个拱门的高度从中间向两边依次降低。墩台雄浑高大，我亲近它时感受到从一位在历史的风霜雪雨中站立不倒的巨人身上迸发出来的热情和坚定的意念。用手抚摸着一块块凹凸硬朗的青砖，仿佛摸着这位巨人脸上的一根根胡茬，身上的一节节骨头。

日落西山，民间艺人进到拱门里弹电子琴，吹萨克斯、小号，拉二胡。乐声久久萦回，撞击在拱门壁上，似从墩台心脏呼之欲出的生命交响乐，又似哀婉空灵的叹息。墩台四围碗口粗的柏树林立如柱，绿如玉，高高环绕在墩台天顶上空，在空中铸成一顶显现着美与力量的是无王之冕。朱元璋曾头戴皇冠威风凛凛地伫台观望，观望他的臣民与他的过去。而今每个人都有权利顶着这翠绿的王冠眺望，眺望相识的或陌生的人群，眺望自我的未来。历史在生命长河中濯洗，不断被赋予新的有价值的意义，唯一不变的是我们头顶的太阳。历史过去，它依然无公亦无私地恒常地照耀着它应该照耀的万物。一代代古人在辉煌与失败中逝去，一代代新人自然而本能地继续为太阳增添必要的光彩。

不管是清新的早晨，还是浓烈的午时，抑或温和的黄昏，站在墩台天顶上伸展四肢，耳膜、瞳孔与心肺总能接收强劲浓郁的生命元素。我觉着自己也雄伟地蹲踞在了万里长城之上，在西北高山之巅，尔后恍然悟了是在南

方大地上。这种驰骋、升高、跨越，是墩台带给我的最美好深刻的印象与体验。

我每日清晨醒来，走出公寓，穿过小巷，在肯德基完成我一天的阅读与写作，便怀揣着一份势如闪电的心绪奔往墩台。

终点的狂想与热烈在路途的平静与踏实中变得可以等待，在路途的朴素的声色中变得值得等待。

途经一个十字路口，路口两旁合抱的梧桐树高过附近的楼房，它们排成整齐的两行，拥在与御道街垂直相交的另一条街上。枝叶繁茂的梧桐树搭起了拱形的可供纳凉的帐篷，人往篷里过，车也往篷里过，人与车都往篷里过。一条条斜斜的金色光柱如梭子般在篷里穿来绕去，蚊子、蚂蚁在光柱里活泼得像要掀翻一个世界。小昆虫那无限小却伟大的力量在光里被清晰地放大、滋长。树底下掉落的干枯的梧桐叶在篷里以不同角度、不同重力起舞，宛若只只酥脆的褐色蝴蝶。一对中年夫妇带着一个八九岁的儿子在路口的梧桐树下摆摊卖瓜。瓜摊旁一辆绿皮儿长卡车靠街边停着。卡车上用黑色签字笔写着"河南西瓜"。一卡车饱满脆弱的瓜自河南运到南京，一路得吃多少疙瘩？路口叫卖生意不见得就比在产地好，这笔生意划得来吗？瓜自然看不出是在哪个地方长的，世界上的瓜都是一样的绿皮儿红瓤儿黑籽儿。路口永远堆着一摊瓜，路旁永远停着一辆车，摊后永远坐着一对夫妇和一个儿子。在瓜上，卖瓜人身上，永远看不见时间越走越远的痕迹，而只看得着时间循环的征兆。儿子裤角和胳膊肘上沾着泥，有人来买瓜时，总是先将瓜抱在泥腿上蹭蹭，嘴里嘀咕着，像是给一个娃娃嘱咐几句离别的孩子气的话，再不情愿地放到客人篮子里。自此我坚信瓜一定是逾山越岭来到江南的。

到墩台的途中有两个公交站，公车按时停，准时开，车里女音报"后标营到了"，车子便"嚓"地分秒不差地刹住了。倘使因动作慢了些耽搁了司机的开车时间，那司机也不会怒眼相对。但一般情况下，司机与乘客的默契就如车与站台的默契。车里有时拥挤有时空荡，拥挤时站着抓扶手的总是年轻小伙或青年学生。在车上不用担心手机钱包弄丢，我也不曾丢过一次东西。相比长沙的公车，我是更欢喜在南京坐公车的。

一次坐车错过了两站，同一个骑单车的中年男子问路，他一手指着前方一边用夹着点儿东北腔的普通话告诉我。我刚走两步，他又取了鱼的溜势溜了过来，叫我先别忙着走，再问一个路人确认一下。随后掉过头在空中冒两个斑斓的气泡咕嘟嘟溜走了。我内心涌起不同于灰尘与烈日调和而成的温暖，为他给我这个陌生人指路而感动。他完全可以给路人指一条错误的路让她去看正确的风景，但一个原本属于他人的确定的目标倒成了他不可敷衍不可忽略的职责。

后来由于学业上的任务我不得不离开南京。最后一次去看墩台时，我以告别情人的心境痛彻心扉地哭了一场。举目四望，望不见一个朋友或爱人，我的情与爱同泪一起滴入青砖的罅隙之中。来年春天，砖缝里定会钻出一株曼妙壮硕的常春藤，扶摇直上，直达云霄。

我略带忧郁地立于天顶中央，凭栏远眺，御道街正以一条龙的姿势勇猛地向东滑翔，以不可抵挡的气势潜入连绵的青山似的杉树丛中。

断尾巴龙

每年六月，必会暴风骤雨，雷闪电掣。

东边浓墨色的山头裹在均匀的淡淡的灰雾里，三两条火红色的闪电吐着舌头交叉成古老的文字符号划破薄雾。闪电由东边驰向西方，忽明忽暗，冷不丁地从浓浓乌云里探出头，随即又潜入云堆。我捂住了耳朵，等待着预见中的炸雷在头上炸响。闪电与炸雷并不可怕，只是捂住耳朵，眼睛在闪电的尾巴上搜寻炸雷的等待过程最为痛苦，犹如料峭中的玫瑰为看似到来却又迟迟不来的春天而悸动。

在你毫无警觉时，忽然传来轰隆一声，屋顶上的天空似乎破了一个窟窿，从窟窿里向大地深处掷来沉重的雨点。先是一颗一颗的，继而是一捧一捧，

再是一桶一桶。闪电被雨点浇灭了，只剩下一缕青烟，又响了几个喑哑的闷雷，雨点便如同从天河里倾倒瀑布一样，哗哗地模糊了整个世界，形色都湮没在这伟大的自然之声里。屋檐上的雨水一串串拖拽下来，织成了悬挂在屋前的亮闪闪的帘子。大人们放个铁桶或木桶在屋檐下接煮猪食的水，嘭嘭，咚咚，坐在堂屋里听着韵律铿锵而又美妙的击鼓声与观看上天赐予的雨的景致，着实是一件不坏的事情。

由于灶房里长年烧柴火，雨水从瓦沟里漏下来滴在衣服上，便浸出拇指大的一块锈色斑点。我喜欢坐在火坑边的木凳上，从木壁上方看雨落。空气里混合着清新的绿叶的气味儿和泥土的香味儿，仿佛是闪电同炸雷将土地上的玉米、稻子、高粱叶的本真的气息撕烂了，撒满了整个天空，忠诚的泥土也哀伤地抹了几把芳香的泪。

我的眼睛数着银白色的线条，一条，两条，三条，四条……无数条，数也数不过来。这雨按时下，准时收，可有个掌管它的天神？

阿爹搁下了手上的活儿，将一架待修理的耕犁孤零零地靠在墙角下，他给我们说，每年六月，断尾巴龙要从东海到西海去看他阿妈，雷公跟在他后面不时地敲击铁锤警示他，铁锤敲出的火花就飞跃成闪电。

原本旮湖村这个地方有一条母龙，它的洞穴掘在地下数万丈深处，从它洞穴流出的水就聚合成了村里那口冬暖夏凉的无底井，人同庄稼都要从无底井里汲水。村里人都喝井水，身体结结实实，无一人害病。铁匠从井里提水回去，将烧红的镰刀和犁铧"呲"地淬到水里，打出的镰刀和犁铧锋利耐用。玉米、稻子、大豆、高粱长势极好，饱满肥硕的茎叶在风中摇晃，咕嘟嘟，仿佛在摇晃着满满一茎叶的清水。整个村子，被一片绿油油水灵灵的庄稼托在厚实的绿手掌上。毋庸置疑，秋季时节一定大获丰收。六月里的一天夜晚，风雷大作，母龙从洞穴钻出来在土地上空尽情飞舞，是被困在潮湿狭窄的洞穴太久的缘故，母龙放纵地在空中翻滚、遨游，它斑斓的犄角撞碎了昏睡的云层，身子得到了无比欢悦的享受，竟忘了雷公提醒过它尾巴不能朝大地上任何一个方向甩动。于是它尾巴朝哪个方向甩动，那个地方的农作物就倒折一片。第二天人们醒来，发现玉米、高粱等一切庄稼全倒在地上，大家伙商量着去山上把母龙挖出来剥皮抽筋，免得再祸害人间。

人们拿了铁镐、锄头在山上挖了一整天又一整天，直到土里倒下的庄稼腐烂了也没有挖出母龙，一层又一层都是黄泥巴土。一天，大家歇工回去了，一个紫色脸膛的汉子的草鞋忘在了山上，他又折回山上去取草鞋。走到山上时，他忽听得咯咯的笑声从掘开的深坑里传出，笑声转而说："不怕千敲万敲，只怕钢筋钉断腰。"汉子赶忙跑回村里将笑声说的话告诉大家，大家便扛了各家的钢筋一根接着一根往坑里钉。夜以继日，直到他们头发褪了色，染黑了空中洒下的柔和的白雪，直到手中的钢筋生了两层酥脆的锈，他们终于下山了。回到井边时，他们看到井里的水一片红艳艳，连落下去的雪花也染红了。有个老婆婆从家里拿了个瓷钵预备舀一碗井水来喝——喝溶了龙血的井水能长生不老。当她刚走到井边时，井水咕噜打了个滚，立即又清白如初了。母龙被雷公带到了西海，拴在一棵铁树上。雷公对母龙说："要放你回家，等到铁树开花。"母龙虽然腰断了，又被铁链拴在了铁树上，但她仍然对乡民们与雷公的宽容心存感激，并且默默地期盼着铁树开花的那一天。后来母龙的儿子从东海去西海看望她，雷公怕将来酿成母龙式的灾祸，当即斩断了幼龙的尾巴，并允许幼龙每年农历六月来西海与母龙相见一次。每年幼龙来西海时，雷公就一路敲击着铁锤跟在幼龙后面。从此六月时必定会响雷下雨，人们知道，噢，断尾巴龙去看他阿妈了。

我仔细谛听着雷声响到何处了，以我的听力恭送着断尾巴龙，可任凭我的眼睛睁得再大、鼓得再圆，也看不见断尾巴龙那副残缺的身影。

阿爹讲完，满意地伸了个懒腰走到堂屋去了，他站在门槛后望着门前田野里一片被雨水洗得发亮的水稻，眼里闪耀着欣喜的光芒。阿爹确信，今年又是个丰收年，其实除了二○○八年冰灾时，许多人家装在货车上去卖的粮食随翻倒的货车一起翻掉外，每年的谷仓都是充实的。大家不会认为丰厚的收获全是自己的功劳，每个人都感谢上苍的赐福，感谢六月的这泡雨这场雷，而更感激的是断尾巴龙与他阿妈。母龙在无尽的日子里等待着铁树开花，不能再出来作恶，断尾巴龙则带来丰裕的讯息。

这片土地因着每年六月的断尾巴龙而永远不会枯竭、干涸。人们因着断尾巴龙，双手永远不会荒芜。

我们远古的祖先也正是怀着这样一个神秘朴素的信仰一步步坚韧地创造着的吧。尽管那信仰少了条腿或缺了条尾巴，它仍能以充沛的力量支持着人们——永不枯竭，永不荒芜。

金钩树下的哑巴

　　每到夏末，一串串金钩（一种果子，方言叫金钩，不知其学名为何）就在树上叮叮当当地摇晃，叮当出一颗一颗青涩的光亮。因其果子形如钩子，到深秋下白霜时就叮当成软绵绵的金色——那金色一捏就粉粉碎了——故叫作金钩。

　　村里最大的一棵金钩树在我家屋后的一个竹林里，竹林旁边坐落着一座壁板泛白的木房子，木房子里住着一个哑巴和她母亲。

　　九月份我们几个小孩儿守在金钩树下，眼睛干巴巴望着青翠的金钩，真巴望金钩像天上掉馅饼似的掉下来。但那合抱之干，巴掌大的绿圆叶，结实的金钩叶柄，都让我们觉得生命没有了意义。金钩是绝对不会因为我们的悲观而脱落、叮叮当当地掉下来的。于是二哥决定要用武力来对付这生命迟迟不见衰退的金钩，每个人都捡起鸡蛋大小的石头往浓郁的树冠里砸，啪嗒啪嗒，黑压压的石头像落巢的乌鸦尽往树冠钻。只有打出了一个圆洞的叶子歪垂着头徐徐坠入地面挨到尘土，圆洞比石头小很多。经风一吹，那叶子又缓缓地升起落在竹枝上，像一朵冉冉开放的绿菊花，菊花心里点着个小珍珠。金钩仍然安安稳稳地挂在树上朝我们吐舌头。

　　"哐啷"一声门响，哑巴穿着条宽大的圆筒裤站在门前，瞪着模模糊糊的红眼睛，似乎要从她眼睛里飞出小刀来以对我们表示充分的鄙夷和憎恶。风呼呼地刮着，她的直筒裤不住地翻飞，好像两顶墨青色的帐篷。她提起"帐篷"走了两步，我们便像一群闻到猎狗味儿而四处逃窜的野鸡，只撒下一两根破了个洞的绿羽毛。跑了一大截，我们气喘吁吁地站住，听得哑巴在金钩树下呜哇呜哇破口大骂，没有人听得懂她的话。我想，大概是骂我们像强盗一般偷盗金钩。转念一想，金钩树长在野竹林，而野竹林也不是她家的，她为什么像个保镖似的驱逐我们？二哥说她不是保镖，是巫婆，守着黑心树。但毕竟金钩树不是黑心树，想想也是我们的不对，我们总喜欢在花刚打个包时就摘下来，就像米还未煮熟就吃掉。

从此二哥和其他几个孩子倒是怕了哑巴。

等到田野里的泥巴路上都铺满了一层薄薄的白乎乎的霜时，踩上去就咔嚓地咬着布鞋底儿。从被烟雾熏黑的屋顶望过去，高大的桐树、榆树掉光了叶子的枝丫像一截截瘦瘦的尖尖的手指指向天空。在错综复杂的枝条间，晃荡着一串串稀稀拉拉的金钩，金钩在白霜上划出一条条弯曲的金影子。

我们这次慎重地溜到金钩树下，熟透的金钩早已挂满了竹枝，有的掉落在地上，卡在石缝里，甚至哑巴的木房顶上也嵌上了一串串愉快的金钩。牙齿刚碰到金钩皮，黄灿灿的甜汁液就流了出来，我们守了一季的心，也甜甜蜜蜜的了。我们吃完金钩，将一串串金钩桠子丢在木房的石板台阶上。哑巴扛着把锄头从屋后出来了，她大概刚在萝卜地里干完活儿，蓬松地扎着个马尾的短发上挂着片青叶子，叶子锯齿形的紫色边缘微微卷曲。她抬眼盯着我们，眼神里既没有愤怒也没有友善，而是近于无奈和疑惑。我们的心突突跳起来。然而哑巴没有吱声儿，将锄头斜斜靠在壁板上，蹲下来捡拾台阶上的金钩桠子，随后拍拍身上的黄泥巴，进屋去了。我从玉米秆儿夹成的壁板望进去，只见一只身子瘦长的青鸟在灶台边转悠，既不会飞，也不肯落到地上。

哑巴到底是守着金钩树的，就像星子守着露珠。金钩熟了她也不尝一口，我敢断定她连金钩是啥味儿也不知道。谁知道呢，就算知道她也无法让别人相信她知道，她只会呜哇呜哇。竹林附近只有这一所木房子，房子前面，刚搬走了一户人家，留下一堆废墟。房子左方围着一片棕树，村里的老人常来这里剥了棕树皮回去编蓑衣。木房后躺着个大水井，水井上盖了一块长方形的门板大的水泥盖，全村人喝的自来水都是从这口井里流出来的。父亲经常半夜时分来到水井边儿上，将耳朵贴在水泥盖上听井里的水是否在流动，生怕水管被堵住。除了木房屋檐下晾着的几件红色短衫、红色裤头、棕色旧皮衣像招魂的神幡似的摇摆外，整个房子就如肃穆的墓碑一样令人胆寒，不觉又心生凄凉。唯一让人知晓房子里还住着人的讯息便是哑巴的呜哇呜哇声，偶尔也响起老妇人的苍老的叫骂声，那是哑巴母亲在骂哑巴，至于骂些什么也没有人听清楚，大概在骂"你真是个死没用的哑巴"吧。因此我相

信我们的到来给她和这所房子增添了几分生气，也许我们又打扰到她宁静、单调的生活了。一个哑巴还需要什么热闹呢，哑巴的世界我们又怎能理解呢。

秋霜过后，残余的金钩都沾着水淋淋的雾气坠入泥土了。金钩树上，死一般沉寂和孤独。我们也没有理由再来金钩树下了，就把光秃秃的金钩树留给嘴巴如树一般光秃秃的哑巴来守着。

时隔许久我已忘了我的世界里还有那么一个不会说话的人，所有不同的生活都会相交，哑巴又与我相交了。我看见她裹着一件拖着条尾巴的黑大衣在田野里跑，不像是一个人在跑，而是尾巴追着黑大衣在跑，所有看到的人都会忽略掉尾巴与黑大衣中的人的。跑了一段路她蹲下身子捡起泥巴块往前一通乱砸，就像当初我们砸金钩树上的绿金钩一样。泥巴块在晦暗的半空中旋转成无数粒麻雀屎，大大小小红褐色麻雀屎长了尾巴似的由点飞成线，由线织成网，由网散成点，唑啦唑啦，掉进发霉的稻茬堆里。泥巴块砸去的方向有一个紫红色斑点在移动，从斑点里发出"啊呀"的叫喊声。母亲走出门来，说估计哑巴在砸小燕。小燕是我一个伙伴，她奶奶曾跟哑巴母亲吵过架，原因是哑巴母亲偷了小燕家一条长南瓜，小燕奶奶跟哑巴母亲吵架时推了哑巴母亲一把，哑巴母亲脚崴了，在床上躺了半月之久。哑巴到底是哑巴，她的脑子也跟嘴巴一样不开窍，企图将母亲的债从冤家的孩子身上讨回来。我愤怒的同时也感到悲哀。

我见过哑巴不止一次追着小燕打，我在田埂上遇到她时也是提心吊胆，但她一次也未对我显出仇恨来。母亲说不用怕哑巴，哑巴母亲跟我一个姓，因此哑巴不会伤害我。若我不姓陈，她是不是也把我列入她仇恨的范围？可我偏偏姓陈，这辈子注定我与哑巴成不了仇人，也成不了友人。除了她母亲，她与世界上所有的人都成不了友人。除了小燕家，她与世界上所有的人都成不了仇人。一个哑巴的世界就这么大，就这么小，小得五个手指头就能丈量出她世界的面积。

天晴时哑巴总是扎着个蓬松的马尾，下雨时就把短发披到脸上。我从未仔细观察过她那张脸，因此不知道她长得美还是丑，她的年龄多大。当她披着头发时裤管总是啪唧啪唧踩到泥糊里，半驼的背上贴着湿漉漉的黑长衫，像水牛背上贴着的黑牛皮。她从我家门前走过，绕过门前的两方方形菜园，向上爬到那所木房去，哗的似一股水柱从天而降，只听得屋后传来大哭声，哭声里的呜哇呜哇像生锈的废铁皮索落落地响。母亲说哑巴哭天就下雨，使我想起了母亲给我讲的小龙女的故事——小龙女躺在桌上大哭天就下雨。但哑巴可不能跟小龙女相提并论，一来她不是神仙，二来她是个哑巴。不过母亲说的倒也正确，每次哑巴一哭，天真的就下雨了，比天气预报要准确得多。我从来没想过，也许她哭与下雨这二者顺序颠倒了，下雨可能排在前头。当我问母亲哑巴因何而哭时，母亲说哑巴在邻村丈夫家受了打骂，所以哭着跑回来了。我这才知道原来哑巴早有婆家了。再根据她的体形来看，她大约三四十岁吧。

盛夏时节，一次我去邻村的土地里割猪草，经过一家桃园时，看到毛茸茸的红桃子从砌着碎玻璃片的白围墙上探出头来，有万枝红杏出墙来之势。园主人见我呆愣在围墙下便请我进屋去坐，在堂屋里我看到哑巴在一个铝盆里洗着桃子。哑巴丈夫家是中等家庭，三间木房间壁板装订整齐，刷上了亮晶晶的漆，房子后面砌了两间石灰粉成的烤烟房。哑巴的婆婆怀里抱着个婴孩，咂巴着嘴巴咬一个橡胶奶嘴。我偏过头瞧了瞧哑巴的眼睛，扁扁的，眼角蔫枯凋萎，好像什么事物都反射不到她眼睛里去，又好像什么事物都给她看得一清二楚如同青天白日。婴孩的眼睛同她一个样子，只是眼角白白嫩嫩，眨巴着新生的活力。婴孩的眼睛在凝视着如同桃子的绒毛一样的阳光。

这是我最后一次看到哑巴，一天夜里她同她母亲住的那所木房着了火，幸而俩人都住在哑巴丈夫家。她们就从我家屋后，野竹林旁，金钩树下搬到邻村去了。竹林，棕树都烧焦了大半，唯独那棵笔直地刺入云天的金钩树毫发无损。以后的每个夏末，深秋，我们又都可以肆意地吃金钩了。仿佛我们也只有下霜时才来，所以至今我仍没有尝过青涩的金钩是什么味道，只深深地感受到那种一捏就粉粉碎的金色的甜丝丝的味道。

无独有偶。歌德说一个人遇到的一个人或一件事绝不会只出现一次。我在外婆家探亲时，外婆家屋后是一片金钩林，金钩树下的一座二层木房的一楼里，就捆着个哑巴。她下肢瘫痪，那时连轮椅这东西都没人听说过，她家人用两条撕破的布片将她捆在高椅子上，椅子抵在墙壁上。我同姐姐去看她时，她就扬起两只手在空中乱抓一通，还偶然地抓成一整个肥嘟嘟的圆，结果什么也没抓到。然后她歪着嘴呜哇呜哇在我们面前哭起来。她父母倒也

是疼她的，悉心地给她喂饭，抱她拉屎拉尿，而这一切于她无增无减，只不过让她得以继续捆在椅子上呜哇呜哇。她既不能说也不能动——我家屋后会走路的哑巴该比她幸运吧。其实对于痛苦到一定程度的人，多一份痛苦少一份痛苦并无增减。对于麻痹到一定程度的人，多一份麻痹少一份麻痹也并无增减。我觉得该为这位捆在椅子上的哑巴做点什么，就在金钩林里捡了一大把金钩给她，她并不吃，只是笑，两颗整齐雪白的门牙笑成了两滴透亮的泪花。她不难看，长脸小嘴，大眼睛浓眉毛，皮肤闪耀着玫瑰色。约莫二十岁左右。

直到我长大了，才听人说我家屋后的哑巴还有一个名字叫"聋哈哈"。她是个哑巴，也是个聋子。

每年的夏末与深秋，有金钩树的地方，一串串金钩都叮叮当当，叮当成沉重的字符：

"我是人类中最无能、最孤独的人了，得不到爱情和友谊。在这方面，我连最不完整的动物还不如。可是我却像所有的人一样，生来就是为了懂得和感觉美的呀！"

山崖上的星星

　　我端着一大铝盆自来水在牛棚里洗澡，最后一瓢水浇过我的脑门时二姑在牛棚外扯着嗓子喊道："花老壳，你娘打电话喊你回保靖去拿通知书！""哗"二姑的喊声混着最后一瓢水跌到牛棚的石板上，"哒哒哒"一颗颗滚到我脚板下，蜇得我脚底生疼。

　　我胡乱扯起木架上的衣服就往身上套，脑袋嘭嘭哧哧直响，像准备去赴刑场又像是要逃命——那该死的通知书。

　　等了两个钟头，二叔家的儿子——我二哥，骑着一辆从三爷家借来的摩托车来接我。车身已分不清是红色还是黄色，黑把手已脱了两层皮，干瘪的轮胎涂满了厚厚的灰尘。它停在二姑家屋檐下，像一匹乞讨的骡子。二姑递给我一百块钱说道："考起大学了，这算是给你的奖励。"我接过沉甸甸的钱币，心里燃烧着比钱币上的红色还红的火焰，火焰里充满了欣喜与惊惧。

　　太阳正在迅速往山里落去，在沙子路上扫过最后一泓绛紫色的余晖，我们和二姑道过别便骑车上路了。

　　坑坑洼洼的沙路咯咯吱吱地噬咬着还未降下温度的轮胎，车子一下将我颠上了天，一下又几乎颠到地里去，比在汹涌的浪涛中的船里更加晃得厉害。二哥镇静地抓着把手，他大概已经习惯了一切颠簸和坎坷。娘告诉过我，他在浙江打工时坐过牢，二婶哭着将他从牢里取了出来，娘说的是"取"。出来后他还是跟县里一些无所事事的青年一起赌，嫖，打架。我抓着二哥肩膀，像是抱着一棵大松树，我对他充满了信任，不相信这么文静的一个少年有着一颗狂野的心。我的屁股被车子颠得疼痛极了，二哥突然回过头，轻柔的笑在他清秀的脸上荡漾开去。尽管周遭像洒了墨水一样，空气半明不暗，但他那张脸像一朵花儿一样白，透明。他的眼睛里游动着两个橘色的光点，还放射着淡淡的光晕，甚至照亮了我头顶那一团黑乎乎的小虫子。

路两旁的松柏仿佛随着车子的远去一块儿沉入凝重的未知中。两排黑黢黢的树墙顺着曲折的沙路变换阵势。唯有灰色的夜空，无论我们在地上怎样变幻与行走，它都在原处，丝毫不变。刷的一下从树丛中窜出了两座烤烟房，白石灰刷成的烤烟房被长年的烟雾熏黑了，平静地坐落在树丛，烤烟房后面，是一大片烟草地，勉强看得清一棵棵烟草模糊的影子。我仿佛闻到了烟草上绽放的紫色小花的清香，似一曲悠扬的旋律，飘荡在空无一人的旷野上。回头望去，山坡、树林、沙路都在一点一点消逝。

我不住地东张西望，眼睛里飞进了小虫子，弄得我眼睛发痒像长了一个小疙瘩。二哥举起左手在头顶抓了一把，像抓住了一蓬乱糟糟的头发。"嘧嘧"他将一手的虫子捏碎，举起黑里透红的手掌给我看，我的鼻头酸溜溜的，为死去的虫子感到难过。

突然他一个急刹车，我们身子往前倾了一大截，"没油了！"他双脚使劲蹬着踏板，车子还是不动，比驴还倔。我只好跳下车，他推着车走，这时沙子不再噬咬轮胎了，而是嚓嚓地舔着。我第一次感受到夜晚的静寂，山林岿然不动，万物都沉入了深深的夜里。白天是生物的世界，只有夜晚才是万物的世界。不懂得这一点是很可怕的，我们从小生长在村里，对这一点非常了解，因此大踏步地走着，不怕惊扰了这恬静的梦乡。几颗热乎乎的沙子钻到我凉鞋里，在我趾头间滚来滚去。每在沙路上踩一脚，我就听到自己一声心跳，如此真实，海得格尔说："没有什么比真实的存在更加强大。"我因感受到自己真实的存在而感到幸福，想到那张我即将拿到的师范学院通知书，心里也轻松了下来。我安慰自己：当小学老师也许并不阻碍我对文学的追求。

二哥急躁地重新跳上车，车子摇晃着笨脑袋载我们行了几十米又卡在路上了，他狠狠踢了车子几下。这时我却看到沙路下方不远处亮着一星微黄的灯光，我们推着车绕过陡峭的斜坡向灯光处走去。

灯光是从斜坡上一家低矮的土砖房发出来的，斜坡背倚着一面高高的山崖，因此在远处看来，灯光像是挂在山崖上的。我们敲门，里屋一阵窸窣的响声，来开门的是一个微微驼背的身穿深红色短袖的中年汉子，他的衣角拖着一缕薄薄的白烟。汉子从水缸里给我们舀了两大瓢水，从堂屋搬出一条长凳，便同我们拉起话来。二哥告诉他车子没油了，车灯也是坏的，他立即跑进屋拿了一小瓶汽油给二哥，还给了我一把手电筒。

"咋就你一家在这旮旯里？"我问汉子。

"俺是替别人看烟草地的，沙路那边儿一大片咧。这旮旯倒还好，就是蚊子多，我今儿刚从县里买了蚊香。"由于这里处在保靖与古丈之间，我不知道他指的是哪个县。他指指我们来的方向说："喏，古丈。"

聊了一会儿，我们不愿多耽搁，便辞别了汉子。

回到沙路上，车子发出了尖锐的鸣声，这次真正惊扰到了恬静的梦乡。车子像箭一般疾驰，地面与轮胎摩擦的咯吱声，嚓嚓声都消失了，不知是半明不暗的空气在我耳边呼啸而过，还是我在半明不暗的空气耳边呼啸而过。我打开手电筒，一道长长的黄色光束刺破空气，为我们斩开一条苍黄的明亮的水路。我向山崖望去，那星灯光仍静静地挂在山崖上，像神灵点的圣灯。在幽幽的山谷里，高高的山崖上。它是为谁而点的呢？灯光渐渐变小，变成一颗毂觫的星星，随后便隐没在崖壁里了。当清晨的阳光洒落在山崖时，会不会照见崖壁上深深镂刻着的一个圆圆的微黄的印记？

不久，三五点光亮就在沙路下边的山谷亮起来了，山谷里就是我们小小的村子。车子的鸣声越来越高亢，手电筒的光束汇聚成的河流越涨越宽。从村子里传来微弱的叫喊声，是娘的声音。我在想，娘一定是被鸣声和手电筒的光束惊醒了，当她仰起头朝着山崖上这条沙路望过来时，会不会以为我是一颗挂在山崖上的星星？——一颗拉长、变宽了的星星。

车子停在了村口，"轰"地拥上来一群人，有爹和娘、二婶、大姑、吴大爷，还有村主任……他们每个人的眼里都游动着两个光点，像两颗星星，只是同我看到的山崖上的那颗星星不同，他们眼里的星星一闪一闪的，在田野上照出了一条金色大道。

"咱村儿出了个大学生，是咱村儿的骄傲咧。"村长说。

"免费上学，出来当老师，以后就有个铁饭碗了唷，再不愁了。"娘激动地将一张通知书拿到我面前。

接下来他们像一锅热水一样沸腾开了，我的耳朵什么也听不到，我像被罩在一个倒扣的玻璃杯里，只看到他们张得大大的嘴巴。

我闭上了眼睛，感到身体像吐丝的蚕一样在收缩，心也跟着缩成一个红红的点。我成了一颗星星，不是画在黑板上，也不是写在纸上，而是高高地悬挂在山崖上——作为夜空的一个缩影俯照着大地。

父亲的树

李树

屋后有一座大山，大山山脚斜斜卧着一块黄泥巴土丘，土丘里长着密集的李树。李树同它脚下的土丘一样孤独，除了羊在山脚咩咩几声，很少有人来看它们的。

这块土丘顺势而下，与平坦处的一块块土丘连在一起。这些平坦的土丘里种着花生、红薯、黄豆。整整一大片黄土地，再没有任何东西有李树高。李树叶似口琴一般，如果将它夹在嘴唇中间，可以吹出比百灵鸟叫声更动听的声音。李树一棵一棵紧挨着，没有规律，显得杂乱无章，而任你怎样规划也不能将各棵树单独分出来，它们无声的聚拢像是为着某种共同的追求。因此乍看便会觉得，管理这块李树林的一定不是一个出色的园工。

在树上挂满一颗颗小小的绿眼珠子般的果子时，最中央的一棵矮小的李树上结满了一大一小两种果子，小的只有龙眼大，大的有鸡蛋大。树叶的颜色也分深浅两种，枝上结大果子的叶子更薄，似刚出土的嫩草，小果子的叶子明显经受过更多风霜，叶片里储藏着满满的深绿色的苦水。树干上两根枝条的连接处凸显着一道苍老的疤痕，像一把斧子劈过的，但这道疤痕不是伤痛，它使得两根枝条连接处更粗壮。通过疤与两种果子来看，可知这是一棵嫁接的李树，李树林中唯一的一棵。

嗬，我简直不敢相信父亲会有一手嫁接的好本领。

"咚咚咚"，他将一塑料袋的大果子倒进铝盆。果子还很青，却比李树林里其他小果子早熟一两个月。牙齿割破果肉时触到的是甜味，这样的果子我和母亲都是第一次吃到。母亲的牙齿在打战，两排牙齿在果皮上连个印儿也没留下，一个大果子，就在她的手里变暖，变黄，变软，她始终一口也没咬下去。

我问父亲怎么不多嫁接几棵，"嫁接多了就把咱们老李树的地盘儿给占喽。"他乐呵呵地说。他爱这新品种的大果子，但他更舍不得他的老李树——只会生小绿眼珠子的李树。

第二年没有吃到大李子，父亲说因为没有打农药又没有施肥的缘故，大李子树枝和树叶都枯死了。而一大片老李树，仍然结着又酸又小的李子，无论哪一年，它们的李子供应不断，这是出于偶然还是必然？

"大李子树咱养不起，咱们的黄泥巴土就是种老李树的。"父亲说。

从那以后他再没有嫁接过一棵树，无论是李树还是桃树。于是一手嫁接的好本领也同大李树的枯枝一样，埋进黄泥巴土了。

柿子树

从田里背谷子回来的人要经过我家门前，他们将背篓搁在我家屋前一块菜园门的台阶上，眼睛直愣愣地瞧着菜园里挂满了红彤彤的"大灯笼"的一棵柿子树。

柿子树有两棵，一棵是柿子树，另一棵还是柿子树。一棵树上的柿子被父亲摘光了，他将硬邦邦的青柿子一个一个藏进陈年谷堆里，过段日子，这些青柿子就像被孵过的鸡蛋，大团大团鲜红的果肉顺着裂开的皮淌出来。而这棵树上的柿子，父亲从来不摘，直到最后一个柿子熟透落到地上腐烂。当然大部分被过路的背谷子的人摘着吃了。我觉得有些可惜，问父亲怎么

要浪费这么多柿子。

"哪能叫浪费！谷堆里的够咱吃了，连送邻居都还有剩的。树上的给口渴的路人吃，落到地里去的不正好给土地增加肥料吗。"

两棵柿子树同我家木房子一样高了，而树干没比我手膀子粗多少，它们却能结出这么多沉甸甸的柿子。

柿子树刚栽下去的时候只和我差不多高，当时我扯着柿子树叶像提一只兔耳朵似的，想把它们拔出来免得占了种香瓜的地。父亲极力劝阻，他说这种树不挑地，只要结柿子，那么在一个地方扎根直到老去也不倒地，再者香瓜吃完了就没了，而柿子每年都有。

"那大红大红的灯笼多好看。"父亲看着房梁上的两个灯笼说道。那两个灯笼看起来跟柿子一样甜。

我小学毕业那一年的清明节，家里养的黑狗在竹林里吃到老鼠药死了，我将它埋在一棵柿子树下，希望它和它肚子里的崽随长高的柿子树一起长大。柿子树长高了，父亲将几根长枝砍掉了，说这样树长得壮些。树下的黄泥巴，还是那么一堆，黑狗和狗崽没有长大，它们将营养都让给柿子树了吧？

父亲说过柿子树只要结柿子，那么在一个地方扎根直到老去也不倒地，而今父亲都老了，这两棵柿子树愈发年轻，不知何时才会倒地。

猕猴桃树枝

父亲从山上放牛回来，将背篓上的一大捆干柴倒进柴房，从背篓里取出一截干树枝，插到篱笆下。

这截树枝一乍多长，同拇指差不多粗，裹着一层难看的皱巴巴的皮。它的存在，只是给苍翠的篱笆添了一截微不足道的枯枝，甚至可以说是一个污点。

冬天，篱笆变成光秃秃的了，与那截枯枝没有两样，但篱笆还是要比枯枝高贵得多，因为篱笆比枯枝长得多。

篱笆发芽了，一片片瘦小的叶子像孩子扔掉的碎纸片，那截枯枝也冒出一个芽来，像一颗绿色的尘埃，由点变长，变宽，像一支温顺的鱼鳍。

叶子比篱笆叶子生得完满多了，完满也是一生下来就注定了的。天气一点一点变暖，枯树枝叶子一点一点变多，还抽出了细细的藤条，藤条弯弯曲曲地沿着篱笆攀缘，攀到菜园里的柿子树上去了。原来皱巴巴的皮长满了棕色绒毛，仿佛一个死去的老者变成一个孩子活了过来。

枯树枝的枝条早已弯成了一根一根褐色锁链，缠绕住一排篱笆，大扇子班的叶子在篱笆上高高飘摇。谁能想到一截短小的枯树枝长成了一个绿的王国？

吃晚饭时，我端着碗坐到藤条下，一片圆圆的影子落到我碗里，把整个碗都盖住了，是叶子的影子还是太阳的影子？我感觉到碗的重量增加了，我小小的左手快托不住它了。

"就坐到藤下去了，好生等着，明年就可以吃到毛桃子了（猕猴桃）。"父亲站在灶房门前，对我笑着，露出了大颗大颗泛着亮光的黑牙齿。

我不相信这么几根小藤条会结出毛茸茸的大鸭蛋般的毛桃子。

篱笆年年都是一个样子，一个高度，一个颜色，而这截树枝也并没变大，它的藤只是变长，没有变粗，它的叶子只是变宽，没有增多。

很多年过去了，那截树枝同篱笆一样，我认为，这两者都是不知道变动的植物，永远静止了。

后来当我吃着亲戚送来的酸甜的毛桃子时，我又记起篱笆下的那截树枝，再看它时，它仍然一个样。它令我失望，它永远长不大了，我的鼻窝里酸酸的。

"好生等着，好生等着，明年就结了……"父亲对它一直抱着希望，只要它还长叶，抽藤，他就好生等着。

芍药

芍药开花了，在我家菜园子边上。

大朵大朵深红色的花像画师涂在我家菜园边上的绚烂的颜料。它们显得有些过分张扬了，它们应该同牡丹，玫瑰一类的开在豪华的园林里，而今却竟相绽放在我家简陋的木房前，在这之前，从来只有星星般的野花环

绕在房子周围。

　　芍药花花瓣呈长条形，一条一条一层一层堆砌成碗口的形状。最后花朵承受不住这华丽的堆砌，"啪"地绽开了。它的叶子有点像野薄荷叶子，叶子边缘饰着紫红色，一大簇一大簇托举着红花，红花一落，叶子就落了，两者永远同步。路人总会说："这花儿就像大姑娘。"这花儿确实像大姑娘，它们是从城堡逃到乡村来的公主。

　　我们夸芍药花好看的时候，父亲不理会，他只是满怀深情地偷偷瞥着它，好像瞥着大半辈子未见面的初恋情人。他老了，而初恋情人还风姿绰约。

　　芍药种是他从邻居那里挖来的，当时他挖好坑埋下种时，我以为他种的是红薯。

　　"这是给你种的，就像你名儿一样。"他说。

　　当时我并不明白他话的意思，也没有将此放在心上，也根本不会想到，他会侍弄起花来，在他的生活里，只有谷子、玉米、黄豆、红薯、青菜。

　　种下去之后，父亲隔三岔五就拿着粪瓢从茅坑里舀出粪浇到种子上，现在枝长高了，花也开了，他还是不忘给根浇粪。

　　花和枝都枯死了，该发芽时它又会生出新芽，只要土里的种不死，年年都会开一样的花。所有人都已经忽略了它，唯有父亲，依然给它浇粪。

　　每年我暑假回家时，就看到美丽的芍药花闪耀着灼灼红光，像一团团火种，以诚挚和激情燃烧在茂盛的季节。它们是画家画里的颜料，是音乐家曲子里的旋律，也是我文字里的名词，形容词，感叹词！父亲可是不懂这些的，他不懂艺术，然而他却爱花。

怒放的野花

　　枯萎的田野吐着料峭的寒气，流尽了血液的杂草以最后一丝气力缠绕住高高戳起的褐色稻茬。在了无生气的田野中疏疏落落地燃烧着绿意，一点两点绿意像从寒冷的青天打下来的星光。

　　田野的入口处歪歪斜斜躺着两只深浅不一的大脚印，印坑四周围满了粉色，深红色的波斯菊。它们像手拉着手围成一圈儿跳舞的戴着面纱的姑娘，挺着少女般柔嫩的胸脯把守着人类留下的痕迹。粉色波斯菊脸涨得通红，在我的视线里渐渐跟深红色波斯菊融为一体，最后化为一摊血迹，流进两个坑里。稻茬根部斜倚着两朵紫里透红的牵牛花，花瓣上的雨珠将紫里透红的天空拉成圆形，椭圆形。牵牛花的嘴巴张成喇叭状，直直地对着高空，像要给天空喊破个窟窿出来，又像要将黯淡的云朵吸进胀鼓鼓的嘴里，嚼成稀烂，嚼成空气，掺杂着花香的空气。循着碧绿的牵牛花藤望去，如一块亮晶晶的玻璃般的小溪架在辽阔的田野中，小溪偶尔淋到一滴雨，似被蚊子叮了一口。牵牛花藤就是从溪岸爬进稻田的。一株枝上散乱地挂着些玫红色斑点的胭脂树扎根在溪岸的石缝中，我走进，玫红色斑点像午后的影子一样一点一点拉长，蓦地拉成一个个顶端喇叭状的长条。玫红色的长条胭脂花有一根最长最粗的花蕊，我曾见过小孩子提着那根花蕊将胭脂花贴在耳垂上，多么美的流苏耳环，难怪人们赠予它此等美称。

　　"嚓嚓嚓"，像撕碎叶子的声音在脚板下打滚，提起脚，几朵指头大小的白色小雏菊痛苦地深陷在泥巴中。嗬，我踩碎了它们的脑袋。它们不像波斯菊绚丽多彩，而只有一种单调的白色，难以引起人的注意。仍在绿色枝干上摇晃的雏菊奋力伸展四肢，数不清的微小的花瓣向后翘起，它们是在展现极致的美还是争取留下极致的生命？我不明白，我的疑惑随着它们纷纷下落的花瓣落下了。花开到极致便衰颓，生命长到极繁盛则必然死亡，

难道它们不懂这浅显的道理？它们无法意识到自我的极限？不，它们有人类所不理解的智慧，不然怎么会代代相继，从不灭绝呢？园艺家豪华的温室里容不下它们的身影，在大路边，牛圈旁也遭到鸡冠花、秋海棠的排挤，于是它们只得逃到沉寂而宽厚的田野来了。看哪，此刻它们正勇敢而固执地昂首挺立在我脚旁，宣告它们和我都是本初之物。我惭愧地走开，不敢再多瞧它们一眼，更不敢再瞥一眼那些葬身泥土中的雏菊。

我跳上田埂，田埂旁卧着一方菜园，菜园边环绕着苍翠的冬青树，冬青树上缀满了红色小果，还有香樟、合欢树、夹竹桃，这些树依然繁茂，似乎不受季节的影响。而其中夹竹桃从根到顶，从枝到叶都是清一色的，绿得最纯粹，绝不含半点杂质。一块青灰色的大石块从迎春花藤中探出脑袋，石块上点着些大小不一的红色字迹，原来是一块墓碑，这块墓碑这么不起眼，墓碑后的坟冢更不起眼。四四方方低矮的坟墓像随便用土块垒起的土包，哪里经过人的修建。墓碑正中央有一列字"李氏之墓"，我在想，她许是唐朝帝王的子孙，而祖先的时代早已过去，如今她只成了一介平民，死后也被人遗忘了。不，这是我对她的侮辱，她只是一个普通人，她的家族只是一个普通家族。若她是一名英雄或伟人，那么她的坟墓一定华丽无比，可她只是个普通人。然而就因着这简陋的坟墓，她死后的灵魂就没有英雄伟人的灵魂有价值吗？在世人看来确实如此，她只是一朵野花般的存在，最后是野花般的凋零，灭亡，如此渺小的个体怎会引起世人的关注？但殊不知，这块单一、空乏的田野正是有无数野花的温暖的陪伴，才熬过了凄冷的季节。星星般的它们知足地、默默地守在大地上，正如无数渺小的个体卑微而恭谨地过着自己的生活，审视自己的生命，延续着这个叫"人类"的种族。

我又一次感到惭愧，这抔黄土，这块墓碑下埋葬的不仅仅只是一副骨骸，而是一个暗示，一个质问，一份反思。就在我沉思之际，两缕白光耀花了我的眼睛，是两行在坟墓左侧呈人字形排列的野薄荷。野薄荷有的高傲地怒放，在等待观看天上迟来的星宿，有的头垂胸前，在扪心自问。野薄荷被逼近的寒气吓得瑟瑟发抖，却仍然执着地赤裸着雪白的身子抵抗刺骨的寒气，慢慢地，消融在乳白色的雾霭中。

此时一阵阵清脆的铃铛声在我身后响起，"丁零零"，每一声"零"都连接成一条细密的虚线，割破这份严肃的寂静。两头黄牛一前一后，母黄牛有规律地啃食土埂上的嫩草，小牛崽用一双短短的尖角抵着母牛的屁股。

母牛温顺、憨厚，宽大的嘴唇爱抚一般掠过青草尖，它的黑鼻子碰着土埂上的野薄荷时就赶紧移开了，是知道这种小白点不好吃还是怕这小精灵怪罪？它的头抬也不抬一下，仿佛被一股引力永远地吸在地面上了，一根鲜嫩美味的南瓜藤没有逃脱厄运，被它洁白的大牙齿无情地扯得粉碎，尽管南瓜花的五个花瓣组成金杯这贵族身份的标志。小牛崽一刻不离母牛，在母牛身边安静地挑拣嫩草吃。它们依靠本能一刻不停歇地啃着，肚子被青草塞得鼓起来了，还是不肯停下来，你会觉得它们肚子里除了食物什么也装不下，然而不，当它们"啪啪"拉掉土黄色粪便后，便互相蹭蹭脑袋，一块儿去喝水了。吃草，喝水，喝水，吃草，如此简单，却有意义，它们除了自己再不考虑别的了。它们的鼻孔张得大大的，"刷"地拐到与土埂交叉的一条田埂上。这条田埂远远近近散布着着形状各异的小石头，石头堆中，田埂边缘，一簇簇白色千里迢聚成一张窄而长的珍珠网。在这片田野，甚至整块秋天的大地上，再没有比它们的家族更庞大的了。你可以在短时间内忽略黄色、褐色，可以忘却红色、紫色，可以剔除绿色，但你一定会在长时间内记住这些圆润的小白点，并为它们震撼，它们中的每一个白点就是我们人生中每一个阶段的缩影。我仿佛被其中的一个白点包含进去了，我是包含着我的白点。

雨珠都带着饱满而透明的芳香回家了，我也该回了。黄牛已走远了，像两朵依次开放的棕色野花隐匿于田野间。我这才看到穿着一身黑衣服的赶牛人，拿着木棍在离黄牛不远的地方慢悠悠地踱着步，时不时地朝两头牛挥动木棍。他佝偻着腰身，步入了另一片田野，缩小成田野上的一只黑色的鸟，不，更像一朵黑色的野花。

我步步谨慎地走过田野，以一个虔诚的客人、一名虔诚的忏悔者、一个虔诚的自我的身份——回去。

黄河岸

想象中的黄河，应该是滚滚奔腾漫无边际的，第一眼看到它是在夜里，河对岸的高楼层层叠叠，闪烁着五颜六色的灯光。

我安慰自己：这只是黄河的一条支流。走近河岸，我看到一块大石碑上鲜明地刻着"黄河第一桥"。大石碑由目光炯炯的洛书背着，这会儿眼睛也不能欺骗心灵了。

同行的一个朋友兴奋地跨上铁桥，我紧随其后，目光落在远处缓坦的河面上，这又给了我心灵的震撼。狭窄、缓坦与想象中的无垠和汹涌澎湃相去甚远。朋友走到桥中央，指给我看一处漩涡，我顿觉一阵眩晕，他的神情却很沉静。

"若有人掉下去了呢？"我问。

"那就看不到明天的太阳了。"

"如果有人想轻生一定选择这里。"

"这样的人，多得是。"他一本正经地回答着我那些幼稚的问题，眼光却不曾离开过河面。

铁桥上，河两岸的人一个一个多了起来，河面上顺势而来的两艘游轮发出"嘟嘟"的汽笛声，轮船上亮着灯光，这灯光仿佛告诉人们：我在黑夜运动着。河水流动，轮船的速度超过了流水，将高楼抛到后面去了，远远地越过了一座又一座山峰，直到消逝在人们的视野中。人生似乎就像这般流逝着。

我们走下铁桥，逆着水流沿岸而行，这该是离黄河源头愈加近了，而距故乡又远了一步。黑夜里的一排杨柳像突然蹦进我们的眼帘似的，黑压压的柳林一骨碌地遮挡了河水。经过仔细地观察，原来柳林生长的地方是一块方方正正的沼泽地，安然无恙地端坐在黄河水岸。杨柳依依，恋恋不舍地向流去的水波挥动着臂膀，向正迎面而来的浪花摇摆着纤柔的身姿，不知它们送走了几鞠水波，迎来了几朵浪花，然而从它们在这块沼泽地扎根起，就一起见证着黄河的历史，人生似乎就像这般凝固着。

走过了柳林，河水又"扑腾"一下子跳了出来。一弯清明的月亮挂在我们头顶，安稳地立在塔尖上。原来是一座兰州水上清真寺，寺门敞开着，淡蓝色的光晕溢出了门外，这引起我的好奇，我倚在门边的石墙上朝院子里张望，如同看到了一幅清幽的立体图画，又似看到了海底的水草，盆景、宫殿。这梦幻的场景里空无一人，岂不可惜了造物主的恩赐。

"不可入内！"几乎是一声命令式的呵斥，一个头戴白布帽的高大汉子走了过来。我看不清他的面部表情，但感觉到他长着一脸的胡子。他庄重地走进院内，顺手关上了铁门。我们只得自顾自前行，我难免有些沮丧，一边前行一边回头望着那半轮散发着清光的月亮。

"呜……啊……"从寺里传来一声声歌声，我不确定是否是歌声，只是这低沉的男音肃穆，甚至觉得它神圣不可侵犯。接着又向河面方向吹起了号角，号角声一阵接一阵连绵不断，却没有得到任何回应，最后只沉落进河里，却也吹动了我的心海。

"每一天都如此，"我身旁这位旅伴说，"一个宗教必须有自己的教规，任何人都不允许逾越、侵犯它。"

"你看那月亮，"他指向高处，"它独自发出凄冷的光，在这座城市里却毫无用处，哪怕是做装饰也不行。人们总有这样的习惯，到了一个陌生的地方，会对这个地方比自己待了几十年的地方还要留恋，当然更多的是敬畏，却只是因陌生所致。"

听完他的见解，我断然将那月亮抛在了身后，一眼也没再望过，人生似乎就像这般舍弃着。

我们原本是要找一般游轮体验一下水上航行，但走了许久却未见游轮的影子，于是，找了一处寂静的地方停了下来，靠着栏杆歇息。

渐渐地响起了汩汩的激流声，靠近水岸的土墙处，水势激起了一朵朵海浪，形成了一个个漩涡，比河面任何一处地方都要凶猛。接踵而至的惊涛更加用力地冲击着土墙。我担心会将土墙冲垮，然而我的担心是多余的，不一会儿，水势又平静了下来。

这时从远处的河面传来"哗哗"声，一艘小艇火箭般地逆流而上，激起的浪花有丈把高，淹没了小艇上的人。小艇劈开的一条水路涌动着，像彗星的长尾巴，然而转瞬即逝，水路又慢慢地荡开了一条条纹理，恢复先前的平静。小艇一直不停地冲击在河面上，而且速度仿佛越来越快，似冲浪一般，一路披荆斩棘似的劈开着一条长长的看不见尽头的水路，有时小艇歪斜了，小艇上的人似乎就要被卷进水里了。我不由得忐忑起来，为这一危险的愚蠢行为而感到不安，甚至气愤。

我的旅伴觉察到了，拍着我的肩膀："不要为他们担心，正是因为知道其后果才敢这样去做。我发觉，我们每到一处，总会发生有趣的可喜的事。勇敢去做吧，每天只需要牛奶和蔬菜，丢掉烟，呼吸清新的空气，随日光而起，日落而归，就有大把的时间和足够的胆量去做一切大胆的事。"

果然，那艘小艇仍快活地驰骋在河面，艇上的一群人牵着手臂欢呼着，拍打着，海浪淹没了他们的身影与喊声，一会儿，他们又轻快地从水底钻出，这是一匹脱缰的野马，放纵地疾驰在野性的国度，似乎永远不愿再被人缚住。

"哗哗"声逐渐消失，小艇同先前看见的游轮一样，巧妙地从我们眼里消失了。过了好一阵子，那艘小艇又回来了，后边还跟了另一艘。

先前那艘疾驰的小艇缓慢地游荡在河面，更像是随水而流。艇上的人们安静地坐在艇中，像是睡着了。而后边的那艘小艇加大气势，如奋起的雄鹰一展翅便冲到前头去了，将孤零零缓慢飘荡的小艇远远地扔在后头。

奋起的小艇是雄起的新将，上演了我们早已看过了野马表演。

旅伴打了个哈欠，用懒洋洋的声音说道："它的模仿技术是一流的，然而真正的高手还是那艘正悠闲的飘荡的小艇，它懂得松弛有道，逆则紧，顺则松，可真快活啊！"

我在心里反复将两艘小艇做了比较，如果让我选择，我想我也选择逆流而上、顺流而缓的那艘！

逆流而上的生活，刺激、热烈，充满动感才能让人因看到远远落后于我们的急流而欢欣，这种不断追逐、不断运动、不断超越的生活可真美好。

顺流而缓，是让我们在闲适的日子里，回忆温馨的过往。

人生似乎就像这般循环着，运动着，持续着。

夜又深了一层，河面上的人走了，河岸上的人也如一颗一颗的星星，不见了。

唯有这位和我在旅途中一起体验了那么多欢乐和痛苦的旅伴，拍着我的肩膀。

坑

五月的果园飘着青果的香味，桃树梨树已换上了一件崭新的绿衣，去年的褐色干枯的外衣，零零散散地浮在园地上的水洼里。

一场新雨洗礼了园里的灌木丛，低矮的歪脖子树，大片的果树泛着青光。残留的雨滴从橡树的绿冠上掉落在松软的泥土上，没有声音，然而它确实融进了这块新翻的泥土，进入地下的树根中。如同阳光融进青葱的田垄，化作青青禾苗的养料。

园地的红褐色泥土上印着深深浅浅的马蹄的脚印，脚印坑里积满了清澈的浮动着小绿叶的雨水。粗大的橡树干之间系上了一条条绿色的丝线，在远处看来像是一根根绿藤，一条条丝线缠住了橡树强有力的躯干。丝线已勒进了橡树的肌肤，看样子已经缠绕许多年了。柔软细小的丝线竟有这样大的威力，可以划破刚劲的橡树的坚硬的外皮？然而即使已成了伤痕累累的橡树，它的枝干仍向无限的空间伸展着，刀剑般锋利的长枝干丝毫不因树皮的损伤而削弱它的战斗力。大帐篷一般的橡树冠保护着草地上细小的紫罗兰，高傲地挺着胸脯的白玉兰，节节拔长的翠竹，以及古老的农家小院儿。

昨晚的一个轰隆隆的大雷劈倒了一棵年岁已高的榆树，现在它奄奄一

息地倒在园里的水沟里，阻断了欢畅的溪流。它的根部已腐烂，里面爬出了一群群黄蚂蚁，我们不免会惊叹于蚂蚁高超的生存技能，而悲悯于这样一棵高大的树竟被细小的虫子掏空了心，它的生命如此脆弱吗？

远处开满了蝴蝶花的草窝里同样躺着一棵已腐烂的大树。它脱落了树皮的树干上长满了一片片青色苔藓，棕色的顶着伞冠的蘑菇，树的底部生出了几株小树芽儿，新生的树芽儿如婴儿一般纯真无邪的眼睛环顾着这陌生的世界。原来每一棵倒地的腐烂的大树，都是在以另一种方式延续着家族的生命，延续着整个果园的生命。只有伟大的母亲才能做到这一点，她以丰满的胸脯的甘甜乳汁哺育了一代代孩儿，延续着家族的生命，乃至整个人类的生命。

绿色丝线上晾满了花花绿绿的衣服，一位姑娘推着一架轮椅穿过晾着的衣服，轮椅上坐着穿着军装的老人，他空荡荡的两条裤管随风荡漾在园林里。姑娘小心翼翼地推着轮椅绕过一棵棵苍劲的大树，树皮如老人布满皱纹的脸一般刻满了智慧。

"慢着。"老人以命令式的口吻让姑娘停下来，老人的双目紧闭，神情安详，姑娘满脸疑惑，手离开轮椅提着白色裙角走到轮椅前来。磨盘大小的一个坑横亘在轮椅前。许是地鼠打的洞，但地鼠可没有这么勤快，它不会耗费体力去挖掘多余的空间。那么是从山上滚落的大石块砸的？石块的轮廓又没这么圆润，总有嶙峋的棱角，况且也不会砸得这么深。

洞内壁的泥土是黑色的，如焦炭般。那是同草地上的红褐色的泥土截然不同的颜色。

老人微微张开双眼，思绪飘飞到古老的从前。"那是一颗炸弹炸的。那时我还很年轻……"老人的声音在寂静宽大的园子里显得很缥缈，仿佛是从一个遥远的地方传来的。

当他还很年轻的时候，这里不是果园而是一片平坦的青草地。战争的硝烟从遥远的国度终于蔓延到这块平静的土地上。他目睹了同伴血淋淋的僵硬的身体，以及残破不堪的在熊熊大火中被焚毁的石块砌成的砖房。

年少轻狂的心中澎湃着热血，他扛上了枪，走上了战场……

"我不忍看着一个个鲜活的生命从枪口上死去，他们就像那巍峨的青山本应充满朝气。这双腿，便永久地留在了那片战场上。"

冬日田野上的青草

后来战争结束了，他拖着残废的下半身重新躺在这片青色草坪上。逐渐散开的浓雾从青山顶上褪去，肃穆的山巅重游耸入云霄。此时见不到凶猛可怕的苍鹰飞扑而下，把那快乐的小鸟攫去。这里不再有欷歔不安的良心把这副战士的躯壳从这逸乐之中唤走。

举目四望，不管看看眼前的蜗牛甲壳，雕镂刻画得那般精致，恍如童话里小精灵头上的细角，而且角端作蔷薇色；还是俯瞰远处一带的平芜，它在阳光下几乎活了起来。这里没有丛生的灌木，但有许多炯炯有神的峥峥峭壁站立在高山上，还有黑色的布谷鸟，在广袤青翠的田野和长满齐人肩高的玉米苗的土丘里歌唱。不管你凝视这株小小的粉红野花，而且慨叹它的生不逢时，还是注目那棕红灰褐的林木，下面乳白色的流云低低地悬浮着——一切都是那么美好，生机盎然，向世间昭示着一种最宝贵最伟大的力量。

那时他还不懂这种力量，只是当他把布满污血的手掌狠狠地压在草地上，然后又松开时，看到被压弯的小草又奇迹般地昂着头挺立了起来。他内心被一种出于他本能的力量震慑了，他发现小草竟可以比人更强健，于是双手合十，久久地跪倒在这片青草地上。

"你不应该拿枪的。"姑娘扯着衣袖擦拭眼角。

"所以后来，我便鼓足了勇气爬着盖起了砖房，种起了玫瑰、香樟、苹果树、橡树……圈起了这个大坑。"

"所以你要一直祭奠这个坑？"姑娘的声音颤抖。

"不，是赎罪，更是对它虔诚的敬畏。"老人的声音铿锵坚定，如他年轻时一样。

太阳在白桦树上投下了一个昏暗的斑点，斑点由树顶向下移，袅袅炊烟升起在白色圆屋顶上。

"哇……哇……"一声新生儿的啼哭从白房子里传出。

老人和姑娘微笑着相互对视一眼，姑娘便推着轮椅绕过大坑，绕过大树，朝着白房子推去。

静，境

　　古老的小船披上了满身星光，镶了满船舷的甘露，向着渔火深处进发了。

　　"咕咕……"芦苇丛里传出水鸟的叫声，叫声一会儿又从芦苇丛跳到沙洲上去了。谁也无从辨别，这是否是美丽的诗经里关雎的声音。

　　如山歌般空灵的碧潭在夜风的涤荡下氤氲开了圈圈涟漪。碧潭深不可测，连星光也无法照见潭底。然而底下是有游鱼在欢唱的，有水草在梦中辗转着身子。在潭还是小溪的时候，一摊摊淤泥也还是一堆堆坚硬的堡垒，而今它们沉默地睡在水底。淤泥张开的嘴里，正沉睡着几千年前遗落的莲子，明年的盛夏，它们的头顶又都缀满了大朵大朵雪白的莲花。

　　莲花自古以来为文人墨客所吟咏，描绘，正因为它出淤泥而不染，濯清涟而不妖的品质。它更是爱情的象征——"采莲南塘秋，莲花过人头。低头弄莲子，莲子青如水。"采莲，怜君，满满舟中摇荡了多少采莲女的爱？"满地的红莲如红焰，等你，在木兰舟中。"我虽被这火焰般的红莲灼烫着，仍一往情深地等待着心爱的姑娘，在莲花池旁。

　　当莲花争吐芳蕊时才为众人所知，那指头大小不起眼的黑色莲子，又有谁认得它啊。而比莲子更不为人所知的是满身纹理的贝壳，淤泥涂抹了它的身躯，以至于早已分辨不出纹理的颜色、大小。

　　贝壳长年累月地埋在泥潭里，却无论是在淡灰色的清晨还是霞光满布的黄昏，都张开嘴巴汲取着泥巴里的养料，因为它孕育着一个珍珠的梦。晶莹剔透的珍珠，是人人都想据为己有的珍宝，然而它不属于个人，不属于世界，甚至不属于哺育它的碧潭。它的根在最质朴的黑色泥潭里，在创造万物的自然里。

　　珍珠不属于人，却象征着人，人之生成无罪，人之生成亦如这璀璨的珍珠般纯粹，甚而超越了善恶。宇宙生成之洪流本是超脱于善恶的，它没有一个确定的准则来划分，当然更无好坏可言。因此宇宙中最具智慧的"人"都具有天命赋予的气质，率性之谓道，如何表现天命赋予我们的气质就需要方法了。

由于我们先天或后天的局限，造成了人种类的划分，有"好人"，有"坏人"。当一个人没有成功之前，他便只是贝壳，若无上进之心，只待在壳中终老一身，到最后也只成了空贝壳。空贝壳漂亮的外表博得赤脚在河边的浣衣女的芳心，便成了挂在门帘上的风铃。可怕的是有的空贝壳只是做了空贝壳，直至腐烂，与泥潭融为一体。一个人成功之时，正如贝壳酝酿出珍珠的那一刻，珍珠自然是经过无数日夜的舔舐，吸收无数日月精华方磨砺而成的。人尚且如此，更重要的是面对无尽的漫漫黑夜，重重痛苦，层层孤寂，是否能如贝壳一样安定地向外部汲取养分而不浮躁于宇宙中这长存的无穷的可怕深渊。

珍珠睡在贝壳里，贝壳与莲子睡在泥潭中，这似乎成了不变的定律。而游鱼、水草恰是这水底的真正主人，它们每晚披星戴月，每个清晨笑迎朝阳，那是在守护着数千年来亘古不变的梦。

即便是在水底最欢悦的时刻，碧潭的水面仍是平静得如一面镜子。它像母亲，无论遇见多大的风暴与困难，都临危不惧，有一颗永远安定的心。她要守护儿女，必须让儿女从她身上看到宁静沉稳。于是母性，便成了世界上最伟大的一种情感。女人，当她是母亲的时候，她的心比男儿更刚强，她的胸怀比海洋更宽广，她的骨骼比钢铁更硬朗。

四周巍峨的群山那重峦叠嶂的黑魆魆的身影躺在陈车的水面上，似婴儿睡在母亲的怀里均匀地呼吸着。

太阳照耀下的高山威猛刚劲，因为太阳照耀下的土地磅礴浑厚，如父亲。而在世界安静的此刻，所有威猛与刚劲都甘愿融化在柔情满溢的碧水里，正如强健的父亲也需安眠在温柔的母亲的怀里。

水是静的，山是静的，只有偶尔吹来的秋风，才送来阵阵奔腾澎湃的松涛的声音。

"当……"悠远低沉的钟声让人分不清钟声是从一个古老的地方传来的，还是古老的钟声从善那边传过来的。正因为午夜的钟声，才不至于让这一潭碧水隔绝于人世。原来，山那边是有寺庙的，寺庙里住着剃度已久的僧人，

僧人手里拿着一串串杏仁大小的佛珠，佛珠上镌刻着一个个圣洁的符号。

在如此孤寂幽静的山谷里，竟一直回荡着潜心的僧人撞击古钟的声音，不知多少年了。

"嗒……"一滴露珠从泛着干枯的香味的草叶上滚落下来，落尽深深地碧潭……

"一条小船哟，漂在水面上，渔人的号子哟，响彻大地上……"歌声从远处传来，又向远处传播开去……

归来的老翁踏着曙光将小船摇荡在青山包围的碧潭上。

第四辑

圈子

放羊老人

一

农历腊月十三，淡绿色的苍穹浮着一轮圆润清明的月亮，莹白的月光淡淡地流泻下来，青灰色瓦屋忽明忽暗，高大的桐树光秃秃的枝丫像纯洁的手指沐浴在一首隐约的梦幻的歌曲中。洗尽了铅华，整个世界闪耀着雪白的光亮，这光亮太过圣洁，一切鸡子、野猫、野狗、小孩，坑坑洼洼的马路上的卡车，都暗哑、沉默了。

旮湖寨的两座最高峻的山峰，一座雄伟地屹立在寨子北面，唤作庙坡。一座昂扬地蹲踞在寨子南面，叫作李库。两座高山葱茏繁茂，皆覆着青翠的松柏和苍翠逼人的灌木。半山腰露出点点银白色的峥峥峭壁，像汉子故意蛮横地裸露着健壮的胸膛给人瞧。如今这李库顶上耸立着一座熠熠闪光的银白色网络信号塔。给这两座古老的山增加了现代化气息。寨子里唯一的一条宽阔的沙子马路就从庙坡与李库之间穿过，横扫了整个寨子，像一条活泼的小龙向西北山口奔窜而去。李库脚下不远处静静流淌着一条三四米宽的小河，向东奔流可汇入古丈猛洞河，却不知源头在何处。连绵的稻田四季皆靠了这河得以滋润。人又靠了寨子西南口山洼里的一口长年奔涌的活泉水得以生存、繁衍，泉水冬暖夏凉。山环绕着水，水缠绕着山，环境极其美妙和谐，在这种环境下生长的人们必然同山水一般朴素自然，然而也要跟山水一样平凡宁静。他们的生活永远成不了城市里人口中谈论的材料，也登不上城市里的报刊上去。可在这个普通得有些近乎神秘的地方，这群相对于世界人民而言为数不多的普通人民中，也有那么一个为深广的社会历史蕴含浸润透彻了的人，为生活打磨得超乎了绝望之上的人。

今晚的月光亮得静谧。

"祖华。"皎洁的静谧里响起一声干脆的喊声，没有一丝拖泥带水。哪里却不见个人，也不见哪里张着个嘴巴，真怀疑是不是神将这时空与人事安排错了，这么平静的夜晚不该融入不平静的事件，一点儿瑕疵也不可。

一座石屋依着小河傍着李库山脚，石屋一栋三开间，中间为堂屋，左右两间做睡房，堂屋和右侧房亮着月光，月光偏照不进左侧房。左侧房黑洞洞的像只冷冰冰的盲人的眼睛。左侧房里有个苍老的声音突然唱起了歌：

我的羊在山顶，
山顶的庙里响着铃音，
儿啊，
快快去赶，
急急去牵，
宰了在炕上悬成一片。

我的羊在山顶，
就要跟庙里土匪结亲，
儿啊，
抢也莫怕，
逼也莫怕，
保佑你有天神和地神。

我的羊在山顶，
十七青年参了军，
儿啊，
保家卫国，
儿女情长
要把生活记在心。

我的羊在山顶，

家事国事都已平，

孙啊，

忆起我的壮年，

思量我的老年，

过了整整八十年。

唷咳，

新世纪！

歌声铿锵，却那么苍老，唱得月儿，也悲凉悲凉的。

歌儿里的故事，大概是这样的。

寨子里扎了十九户人家，李库脚下扎了五家，故这一带被人称为陈家脚下。陈家脚下最富朝气，长了个健康的龙虎体魄的是祖华。寨里人说到年轻有为的后生时总要说到祖华的。

十七岁的青年小伙子，气力有整年在水田旱地拉犁的水牯牛大。李库对面的庙坡脚下是寨里的二大队，二大队上坐落着三家油坊，砌了两家碾坊。祖华每日上半日在屋后山头喂饱了家里的一头水牯牛后，晌午在堂屋铺了粗糙的纸张，研墨，练习一本深红色封面小册子上的正楷，偶尔也自己作一副对联来写。吃过夜饭，醉醺醺的太阳颤巍巍地挂在西面敦厚的山峦上，一不留意打个趔趄，就坠入山头了。祖华上好牛栏门板，门板是一块块木板拼凑而成的，需上好一块再上下一块，插在两根打了孔的木柱之间。颇费些工夫。只是这个小伙子的脾性跟大眼睛的水牯牛一样温和忠诚，哪怕是一点小事，他也要一丝不苟规规矩矩地去做。也正因着他的性格，他成了爹娘最上心的孩子。大哥野心大，说起来的事手脚也一定要做到，跟了外乡做鱼虾生意的商人长本事去了。三老自生下来右鬓就长了个肉瘤，肉瘤随着人的长大而长大，现在有鸡蛋大了。他不大愿意出去跟人耍，别个朝他脸上多瞧一眼，就以为人家在暗地里取笑他。只躲在家里，在灶房劈柴，垒成空心的宝塔，再掀倒，再劈，再垒。日子就在他手里劈出，垒上，掀倒了。一个大姐前五年就由一个木匠做媒嫁到杨家寨去了。红彤彤的傍晚时分，祖华换了日里在门前河里洗过晾干的白色背心，昂首走过对门二队上看油坊碾坊玩。

同祖华一起看油坊碾坊的两个青年，一个叫王生，一个叫向贵。他们喜欢进到油坊中去看油枯，那"像饼子，像大钱，架空堆码高到油坊顶"的东西。闻起来又香又脆。祖华娘常背了背篓来油坊问人要油枯，背回去洗衣裳，有的作了水田肥料。打油人即使自家要的，也会分了一半给祖华娘。听完炸油的轧轧声，他们又去相隔几块梯田的碾坊看碾盘，不久就坐到长满青草的田塍上歇凉。有光着膀子摇着蒲扇的汉子打碾坊经过，看见祖华一伙必然大笑道："祖华，搞饭没搞？"

"搞了，过二队上来玩。"

"陈家脚下河岸上不好歇凉？"

"好是好，长脚蚊多。"

问话的汉子光着脚板啪啪走在石板上，浦扇将人摇入迷蒙中了。好似一个疏忽间隐遁了的不拘世俗的仙人。

有两家碾坊是书记家的，书记女儿向三妹听到祖华的声音便从自家高大的木屋里走出来，为夜的薄莎轻轻笼罩着，像云雀似的张了嘴唱起了山歌：

哎——月亮出来洒半坡，
铜盆打水喂岸鹅。
岸鹅不吃我铜盆水，
单身的妹妹莫奈何。

歌声如月光般撩人心醉，　一定是唱给一个男子听的，不吃她铜盆水的鹅子又是哪一只？祖华听着听着，心随着歌声在漂浮，在沉溺，他想开口接下去，但又马上发现差点就犯了一个大错误。他记起去年爹提着一只鸡一包糖去书记家讲亲的事，书记因觉门不当户不对委婉地拒绝了。书记说得问问女儿自己的意见，那时向三妹就躲在隔壁房里，书记早就吩咐她不许出来会客。向三妹是喜欢祖华的，她常偷偷从家里拿了糕点或没有吃完的肉放到祖华耕田的田埂上。祖华的心宽敞着，再装个向三妹是足够的。一是向三妹的那张苹果似的圆脸尤其惹人喜爱，二来她家是寨子里有权势有财富的人家，再者他对向三妹存着感激之情。谁要娶了向三妹，嫁妆一定

是两座碾坊，这点诱惑，一个会拉犁耕地的青年要抵挡也是有一定难度的。

向三妹见无人应她，心里又起了几个粗糙的疙瘩，朝着祖华所在的方向嘟起了那张饱满的嘴。

"嘎嘎嘎"，一群水鸭子在田里叫了起来，却不是向三妹的鸭子，另一家姓黄的人家的鸭子跑到田里来了。

"有人不有？帮我赶下水鸭子！"一个女孩子在远处喊道，从声音量得出女孩子的身段和个性，必是一个粗犷、爽朗、身材高大的女子。

祖华几个小伙子镗镗镗各跑到几条田埂上围赶鸭子，经过一番努力，鸭子的控制权又交还到女孩子手中。那赶鸭的女孩子没有问另外两个小伙子，只朝祖华问道：“哪个队上的？”

"陈家脚下。"

那女孩子便不再问了，心里也大概对回话的男子有了底，只咯咯笑着赶鸭子回去了。真令人分不清哪是鸭子的声音，哪是女孩子的笑声。

天更夜了，像是又敷了一层柔软的黑色蜜糖。而头顶墨蓝色的夜空，月光朦朦胧胧，大大小小细碎的星子却像被谁人松开手一把抛撒到苍穹去的。由于是手撒出去的，故大小与排列极不规整。祖华两手交叉枕着头，仰面躺倒在肥嘟嘟、软和和的田塍上，张着嘴虔诚地看天上的星子。在舌尖上吹起一个个转瞬即逝的小泡泡。他想起小时候爹娘讲的，天上掉了一颗星子下去，就代表地上死了一个人。虽然寨子里的人是屈指可数的，但天上星子数不胜数，繁盛茂密，世上的人肯定也如这般多了。星子是谁人抛撒上去的，地上的人又是谁人抛撒下来的，抛撒人下来的那双手一定在无限遥远的高处。但唯一可以确定的是世上的人是很难灭亡的，死了一个又有一个新生来填补。因为昨天那颗星子掉下去的空处，今天又添了一颗更明亮的，天上的星子永远这么多。

河岸桑树上的纺织娘奏响了琴弦，轻微起伏的稻田里的蛙声呱呱嘈杂不断。蛙声是一堆一堆、一阵一阵响起的，并不很统一。远处的蛙喊了一阵，近处的蛙又起了势唱了起来。而也正因为这不统一，才衬托了寨子热闹安闲的气氛。大家想起二三十年前庙坡上窝藏的土匪时，再看眼下，便觉得恍如隔世。

那时祖华三四岁，一日，一个满脸横肉，手提一把亮闪闪的柴刀，背上背一个硕大的背篓的中年汉子在田埂间碰着祖华他们一群小孩儿。孩子们见一生人皆吓得四处逃窜，只有祖华跟大哥祖名镇定地站在田埂上。汉子问祖名可愿意上山做土匪，祖明拍着胸脯跺着脚说道："干！怎么怕了？没怕。"汉子听了爽朗地笑道："小孩家家。"他指指两个孩子说，"我们不收。"说着便扬长而去了。即使他收祖华，祖华也不愿跟大哥去做土匪的，因为爹娘讲过莫跟陌生人走。其实他并不知晓土匪与普通老百姓有哪样区别，只听爹娘说更早些时候土匪常到农民家牵牛牵羊，是欺压百姓的。但祖华家从未遭遇过什么土匪抢劫，他觉得大概是爹娘聪明，牛羊喂长大了要么就卖了换油盐吃，要么自家杀了。祖华出生后寨里土匪已很少了，整个湘西的土匪也基本上打跑了。所以除掉儿时见过几次不那么凶悍的土匪外，祖华对于土匪已没有什么更多的印象了。好日子来了，大家都这么说，老辈人们都说祖华他们生到了好时代。但什么样的时代才叫好时代，自古以来有个什么样的定义呢？

蛙声似乎更热闹了，油坊碾坊已停歇，一二十户人家也在蛙声中安稳入梦。露水重了，祖华的手肘已为湿气濡润。他立起身习惯性地拍拍身子，从肩膀到膝盖，全身如蛙声一般轻松畅快。大踏步稳健地走完条条缠绕的田塍，过了河上的木桥，进了堂屋在堂屋一角的竹床上躺下。没有什么心事，很快睡着了。

人们的梦与夜的脉搏押韵合拍，没有浪费这同白昼一样重要的时光。

二

秋老虎跑得真快，不知从什么地方跑到这小山寨来了。节气都是公正无私的，比包大人更公正无私。它不管是寨子还是县城，不管是贫是富，总要忠诚地到你这地方走上一遭。

各家各户都下田割谷子打谷子去了，金黄一片，比金子更真实凉爽的秋风一起，那沙拉拉声，又比金子碰撞的生硬的金属声亲切、悦耳多了。祖华手持锯齿形镰刀，"嚓嚓"，谷穗一把把整整齐齐地倒下，一排排新鲜的

稻茬甩脱了头顶的累赘，欢喜地大口呼吸着天地间新鲜的空气。割完了稻子，人也放松地大口呼吸着新鲜的气息。

割田里最后一排的稻穗时，祖华左手捏紧的一把穗子哗啦滑落了，右手镰刀握得太用力，"嚓"，如同割进稻秆一样深深地割到左腿的脚肚子上，田里流了一摊清亮的鲜血。几乎是出于本能，他咬着牙将镰刀从腿里拔了出来。爹娘吓坏了，急急放下肩头、背上的谷子，将祖华背了回去。

祖华家族世代行医，曾祖父的医术胜过县里的医生。祖华爹也习到一些医术。虽没开过什么正规的药店、医院，但寨子里，其他地方的人患病了都请他看病。祖华跟着爹认识了各种草药名称及药效。老爹吩咐老伴烧了开水，洗净了祖华腿上的伤口，他从屋角拿出平时储备的药草，在研钵捣碎，扯烂了一条裤子做绷带，敷到祖华的伤口上。

娘的心子软些，在灶房偷偷抹着泪自言自语道："真的是我造孽，万一怎么样了害到儿，唉……"老爹抽着自己包的草烟，吧嗒吧嗒。

祖华的左脚奇痛无比，好似一只檐老鼠在啮咬，他的眼睛半睁半闭，宽大的上齿在下嘴唇上咬出了两道深深的血印子。随时呼之欲出的干号被一种无名的力量压制在喉咙里。谁人见到一个人这样这一副样子，若是有良心没有不心痛的。

娘解下了包裹在头上的白帕子，走到柴房中从鸡窠里又取了一个鸡卵，兜在紫色碎花围裙里，像兜一只鸡崽般小心翼翼。她把新取的鸡卵放进铺了一层棉絮的篮子坐到祖华爹对面，轻声说："他爹，过保靖城买瓶碘酒去，怕伤口发炎，那就莫奈何了。"

"放到灶上，我吃杆烟就去。"

祖华的耳朵跟马耳朵一样尖，爹娘的谈话一字一句他都听到心里，两颗上门牙咬得下嘴唇沁出了紫色血。

"娘，莫去，一是远，来回二十多里，二也莫卖鸡蛋，留到过节吃。"

爹娘不再答话，娘煮完猪食出去了。爹将烟袋插在腰际，过保靖买碘酒去了。

先前给祖华大姐做媒的杨家寨木匠来嘎湖寨找活儿做，碰到二队上王生一家正在天坪的石板上打苦蒿，王生的爹王望材停下连茄招呼道：

"木匠，哪阵风把你吹来了？"

“你屋风呐，给你屋做天花板，要得不？”

“要得，刚好前一阵子到后山搬了几根松木。”

木匠踩了狗屎运似的，问了第一家就找到事儿干了。王望材跟妻儿收了苦蒿放置堂屋一角，割了去年还剩下来的半截腊肉招待木匠，银色、深蓝色的霉正旺盛地在半截腊肉上繁殖，足见其生命力的顽强。并吩咐了王生去阳朝乡里的酒铺打二两白酒，来回八里路，等到王生回时，天已夜下来了。木匠吃了腊肉，同王望材吃了二两酒。吃完满意地在火坑边站起来。

“我过旮湖来还有一事，要找陈家脚下陈立辉商量点事，五年前我给他大女儿做的媒，卖到杨家寨杨二老屋，现在日子过得好嘞。”

王望材以为木匠这回又是来为哪家牵红线的，忙问道：“你又给哪个屋女子做媒来了？”

木匠的心思为人猜透，故而更加得意地说：“讲对了，这回啊还不是给别个牵。”

王望材追着这悬念问道：“那给哪个屋牵？”

“月老也要给月老儿子牵，木匠也要给木匠女子牵哟。”

王望材领会到木匠意思了，便不作声，只顾抿着嘴笑，笑里有几分妩媚，那笑里似乎是说：“木匠今儿吃了我屋酒，明儿你卖女子我也要吃你屋酒去。”但到底没有说出来。

木匠酒量好，二两酒最多只让他头脑更清醒，脸红脖粗精神爽了，何况那二两酒也不全是他一人吃的。王望材送他到门口，到门前李子树上架着的草垛上扯了一把稻草，点燃给木匠做火把照路。木匠穿过条条错综缠绕的田塍，一把火焰似跳动的风，激荡的瀑布，在以黑夜作为燃料的时空里摩擦燃烧了，散发出新鲜稻草的清香。给人带来的不仅是某种光明和暖意，还有一种变化着持续着的东西。王望材看着火把燃烧成一个火红的光点在河岸消失了，才进了灶房。

火把熄了木匠就站到桥头喊：

“祖华，快给我照亮来。”

祖华半睁半闭着眼，听到木匠那略带兴奋的声音，刚要张开口想告爹给木匠照亮去，爹早在灶前抓了一把干稻草点燃过河岸去了。木匠借着熊熊火光过了木桥，跟祖华爹进到灶房里。

"祖华过哪去了？"

每回木匠到祖华家来第一个叫的是祖华，第一个来接他的也是祖华，今天却是祖华爹，灶房里又不见祖华人，只有三老坐到矮凳上，故这样问道。

"背时哩，割谷子割着脚了，困到堂屋竹床上的。"

"啊？严重不严重？"

"包了药，过保靖买了碘酒，不碍事，十天半个月就可以下地了。"

"十天半个月？有急事要他做去诶。"木匠有点焦急地说道。

"啥急事？你莫讲喊他和你削木头去。"祖华爹打趣道。

"好后生削什么木头！孩子都大了，祖华到问亲的年纪了，我屋女子也养不到了，养女如养水哩，到了日子自然要流出去的。"

祖华爹当即明白木匠的心思了。

"你大女子二女子？"

"小的，大的留到招上门郎。"

祖华爹跟木匠说的话祖华当然全听到了，他微微张开干燥的嘴唇轻声喊道：

"彭伯。"

"哎，祖华啊。"木匠登登跳到堂屋了。

"你硬是背时，天老爷看不得后生好，要给你剜一刀子。"

"没要紧的，个把就好了。诶，彭伯，"祖华借着右腿和双手的力往枕上移了移，将身子靠在垫高了的枕头上，"你屋玉翠尚好的么？"

"无灾无病，尚好的。就是大了，留不到了哟。"

玉翠是木匠二女儿，一张紫红色的鹅蛋脸，扎两条大辫子，细腰细腿，有祖华鼻头高。二女儿常跟大女儿到山头放黄牸牛，姐姐大些要稍微懂事些，一整天坐到石头上看牛吃草。玉翠像只活泼的蝴蝶这朵花闻闻，那朵花碰碰，似乎附在每朵花的耳边各自嘱咐了一句话。最后采了一大把紫色、红色、黄色、白色的野花回家，仿佛天上的星子都被这个姑娘摘到手上了。要是谁夜里看不到星子，日里又看到了玉翠怀里的花，他准这么说。

玉翠比祖华小两岁，木匠第一次来给祖华大姐做媒时带着二女儿来玩。那时祖华便与玉翠相识了，两个孩子感情甚好，亲如兄妹，逢年过节祖华总要带了点吃的过杨家寨送给玉翠。祖华文静但见到玉翠并不腼腆，许是还不到动那心思的年纪吧，又或许那心思从没有动过。两人虽不算青梅竹马，但也算自小玩到大的，故两人也并不觉得拘束，羞怯。

几个寨子的女孩子也有那么几十个，许多人家一连养了两三个女儿，但为了最后养个承宗接祖的儿子出来，硬是生了四五个孩子。家里有条件的能上学就上学，上不起学的就都到家里帮着干农活儿，将那唯一上学的机会留给家里唯一的男孩子。

祖华大多数时候都是跟杨家寨的玉翠玩，但对其他的女孩子并不淡漠或厌烦。常在路上碰到一群年轻女子同他打招呼，他总很礼貌并友好地予以回应，眼神之中隐藏着某种温柔，某种醉人心怀的情意。只是迫于被人们认可的道德的限制，他的眼神中永远包含着某种隐藏。每个女孩子在他看来，都是值得疼惜的。若是将他分成若干个人，他是愿意将每个女孩子都照顾得好好的。他与玉翠一起玩时总不自觉地将眼前的这位女孩儿与心里另一个似乎很遥远的女孩儿看成同一个人，那个很遥远的女孩儿就是向三妹。但这份遥远没有人能缩短，拉近。有人说一个男子一生会发生三种感情，一种是回忆，一种是成长，一种是生活。那么似乎这份遥远注定是让他拿来回忆的。自小一起长大的这个女孩儿，似乎注定是让他成长的。只是同他来生活的，又是谁？祖华天生就有诗人的气质，我们知道，诗人是爱一切美的，任何明智的人都不应该责备，只是他又不是诗人的命。

木匠看着两个孩子一块儿长大，对这俩人之间的感情看得十分清白，又经这小子这么一问，更坚定了他心中的想法，决定要促成一桩美事。

木匠坐在祖华床头，拨弄着脚上草鞋的鞋耳，一面想着他淳朴的心事。这时问祖华：

"你给我讲实在话，你可欢喜我屋玉翠？"

"彭伯，我……"祖华闭上了眼睛，浓厚乌黑的眉毛轻轻抽搐了一下，在想着另一件心事，但那件心事终归只是虚无，活生生地将那一点执拗粉碎了。

"你是看不起我屋家境？"

"不不，彭伯，我……没话说，你就要问问她的意思去了，我也猜不到她的心思。"

"小子，欢喜就好！一切你彭伯办。"

祖华娘从外面回来了，一进灶房祖华爹就把她叫到跟前，轻声说："彭木匠来哩，到堂屋跟祖华讲话在。"

"他来看祖华？"

"给咱儿讲亲。"

"讲亲？"

祖华爹照木匠的意思加以适当的修饰将一切都告给她，她会心地一笑，"好倒是好，"她脑海里又浮现出去年的情景，浮现书记的高大的屋子，以及那两座碾坊，"几升米几块肉？你跟他讲定没讲定？"

"也只是几升米几块肉的事，玉翠这丫头好哩。"

"我早看出他对那丫头的意思了，她人乖巧，就是干瘦了些。"

"吃多点饭，养两个大胖小子，就肥起来喽。"

木匠待祖华睡下了走出了堂屋，三个人不用再商量各自心里有了底。已是九点多的样子了，秋风吹得门前竹林沙沙作响，从这沙沙声里，听得出秋叶的寂静和寒冷。木匠裹紧了身上的蓝布褂子，由祖华爹点了火把送过河去，把火把递给木匠，木匠举着火把走回了王望材家里。王望材一家三口还坐在灶房扯寡话，过了一刻钟左右，就全部睡下了。木匠心满意足，只等着明天削木头钉板子做天花板，他的心里，也还等着"明天"的另一件事哩。

一个礼拜后，木匠给王望材家的天花板也做得差不多了。他回了杨家寨，第一件事就是询问玉翠的心思。

"玉翠，你不小了。"

玉翠平时被木匠宠着，因为母亲生下她半年后因木匠"不成器"，日子过得清苦就跟人跑了。木匠一方面恨那妻子，看到二女儿的脸膛跟身姿便不由得想到痛心事，但另一方面又不能把这仇恨放到女儿身上，反而更加心疼女儿。再者已过了十几年了，男人是不容易记恨的。

"爹，我还小。"玉翠嘟着小小的薄薄的嘴唇有些赌气的样子。

"这个年代小也要嫁人的。"

"爹，你要卖女儿啊？"

"要是卖到好婆家呢？"

"那也不要，大姐都还没嫁，妹怎么能抢先呢？"

大姐玉环在上牛栏门板，听到屋里爹跟玉翠的谈话，她是早明白爹的意思的，她也很愿意招个上门郎留到家里照顾爹。因此虽已是十八岁的大姑娘了，天天在外放牛也不见她去找哪个小伙子。儿女的感情，是不是也是父母决定的？倘使那母亲没跟人家跑，再生个儿子出来，玉环也应该找到中意的青年了。但一切都是必然，没有什么可埋怨和悔恨的，农村人甘心管这叫命。

玉环一不留神一块木板打到黄牯牛脖子上，牛脖子上的铃铛便丁零零很美妙地摇了起来，空中也像抛撒了一大把铃铛，连透明的空气也变得好听了。悦耳，甜美。

"大姐赶牛转来了！"玉翠惊喜地叫了一声，眼睛像装了两瓣雪香，明亮得耀眼，有些灼人。

玉环随玉翠进了屋，看到坐在火坑边吃草烟的父亲，他蓬松的头发上还沾着木屑。她温和地拉住蹦跳的玉翠，说道："二妹，要是给你讲到旮湖寨陈家脚下呢？"

玉翠一怔惊，脸颊一片绯红。

"那还去不去？"

她略带羞涩地扯着玉环衣袖："大姐，你莫乱说。"

吃烟的木匠看着一对女儿哈哈笑了起来，从他嘴里涌出的烟雾，似乎也欢快地哈哈笑着。

祖华这方面，他已能下地走动了，但还未彻底痊愈，又听寨里人说这个秋季要征兵。于是每天到河边、田塍、天坪走动，希望尽快好起来，过保靖报名当兵去。他将自己的想法告给爹娘，爹和娘自然又喜又惊，当兵是一条出路，但卖命又是一条出路，而这两条路又是同一条路。祖华家还剩两弟兄，三老生性孤僻，当兵要将长了肉瘤的脸给更多的人看，自然是要不得的。二来国家有难，作为一个健壮的男子，当兵自然是义不容辞的。

祖华爹依然表现为一副含蓄的样子，只是他下巴上原本横着长的黑胡子竖着长到了下巴尖上，黑油油的一蓬胡子里掺入了几粒米粒。娘赶夜做了两双布鞋，她常在祖华面前表现为一副愁容。女人的心绪是很需要些理智与力气来控制的。

祖华娘翻过山头将祖华当兵的事告给了木匠，木匠没有对玉翠说明，只叫她过旮湖寨去跟祖华玩两天。既是老熟人了，也是未来的亲家，木匠对两个孩子是放心的，不怕他们在未准许的情况下做出什么为道德所不齿的事。

祖华又过二队上去看油坊碾坊了，心里仿佛有什么心事要找油坊碾坊默默倾诉。他一直徘徊在一座油坊前，兀自聆听着有些让人心烦的轧轧声。连续不断的浸透了茶油、桐油、菜油香味的声音不像平日里那样温和、柔软，甚至平添了丝缕难分的诗意的忧伤。他竟有唱首山歌的欲望了。

相隔几块梯田的那两座碾坊，在淡金色的晨光中显得庄严和寂静，这份安详，像是富足的秋为大地留下的最后一份礼物

碾坊后边，矗立着书记家漆得油亮的高大的屋子。"吱咯"一声门响，向三妹从屋里出来，下了阶檐，一眼瞥到不远处的油坊前的田塍上坐着个人，那人她只要望见一片影子就认得到的。她理了理鬓角，轻快地下了几条湿漉漉的田塍，走到一块稻田的另一条坎上。祖华感觉到有人在走动，他稍稍向右偏了下头望到一副红绿相间的碎花身影，宛若一朵硕大的娇媚的芍药。

"你怎么的？到这里做什么？"向三妹与祖华隔着一块田问道。

"来看油坊的。"

"不看碾坊？"

"你屋人都还没起来吧，碾坊哪里开门了。"祖华有些难为情地说道，"三妹，谢谢你帮我做的一切事。"

"你讲什么胡话！"

祖华没再答话，起身走了。向三妹低着头将一张圆脸映在田里，清水里的脸庞微微地荡漾了许久，痴了许久。

玉翠找祖华来玩，看到祖华正在门前河坝上搓一件褪了色或染了色的大衣，大衣白里透着黑，黑里泛着白。

"你硬是勤快，还洗衣裳。"她拿了两大把粉红，金黄的野菊花从远处的河岸走来，恰似一位待嫁的新娘子。

"玉翠，我准备要过你屋找你来，哪晓得你先来了。"

"个把月了你咋没来？是我爹叫我来找你玩的，他恐怕觉着我调皮，管不到了吧。"

"我前阵子不方便走动，所以没来哩。不过你是有点调皮。"祖华又低头搓衣了。

"你讲哪个调皮？"

祖华看到玉翠的两只眼睛鼓了起来，生怕她要发气了，赶紧说："不过更乖巧。"

玉翠鼓起来的两只黑眼睛又很满意地恢复了原位。

"你刚才讲不方便走动，怎么的？"

"割谷子时没注意划到了一口子，不过已经好了。"

玉翠的小嘴巴张成大大的鹅蛋形，赶忙从河岸下到河坝来。

"你咋没给我讲？我爹也不给我讲，他肯定早晓得的。"

她的话有些埋怨木匠的意思，但没说出来的意思是更埋怨祖华。祖华的事告给她，似乎是理所应当的，否则就把她当成了外人，她自己可从没把祖华当外人。

"玉翠你莫发气。"

"来，到岸上去。"玉翠抢过大衣，仔仔细细搓了起来。那两把野菊凌乱地飘在河里。水流得很慢，花也飘得很慢。飘着飘着，浸了水的小小花朵似乎在轻快地嬉戏，显得更娇嫩，鲜美。但凝了神去看花，看着看着看到有两股粉红的，金黄的忧郁在河流里飘荡。

"玉翠，我过两天过保靖报名当兵去了。"

"嚓嚓"，搓着衣服的声音突然凝固了似的，玉翠运动着的手在运动中停滞了。

"咋起这想头？"

"玉翠，老辈人们尽讲好时代到了，讲我们生到了好时代。真是哪里的话，讲不定还要打仗哩。"

"打仗也打不到湘西来！爹讲就是山多，才出了土匪。"

"打不到湘西打到别的地方，终归是我们国家。"

"你……犟鬼头。"

两个人不再争论了，究竟打不打仗，打仗了又打不打得到湘西来，终归是要打了才知道。祖华跟玉翠心思当然不一样了，他没想过打仗与否，总之国家要征兵他就应该出一份力。

原本爹娘是要他再过两个月过保靖去的，他只管脚好了没管时间是不是到了，过了几天就去保靖了。

临走之前玉翠来送他，什么话也不多说，她说得赢木匠，却说不过祖华，只嘱咐了几句让他保重的话，在他脸上捏了一把，捏出两条粉红色的印子，祖华只是傻笑。

"玉翠，提亲的事彭伯跟你讲了？"

玉翠点了点头，脸颊也像被哪个捏出了两条粉红色的印子一样。

"你不小了，我我要当兵去了，你欢喜哪个小伙子你就嫁了吧。"

他说得干脆，但有一团乱麻在心里缠绕，有一种割不断的情怀，为了这世上另一些人好过些，他又宁愿割断这份情怀。

玉翠瞪大了两只小巧的眼睛，仿佛有两瓣雪香在她眼里又冷又亮，有些灼人。

一九六六年秋，祖华过保靖报名当兵了，与他同来的还有最要好的两个青年，王生和向贵。向贵有三弟兄，两个哥哥都已成家有了儿女，父母不忍让两个哥哥去当兵，故劝说他来。王生则因听说祖华要当兵，自己也跟着当了兵，"你到哪里我到哪里。"他跟祖华说。倘若这义气少点感性情怀，也许倒可以做一番事业的。只有祖华只为国家要征兵而来，但他只把这个原因告给玉翠一人，他想老辈人们也许不会理解，同辈人或许只当玩笑。唯独玉翠，他把她当自己唯一的知己，因为除了她没有女子能让他安放心事了。

报了名被编配到贵州，祖华想也挺好，毕竟与湘西只隔一条概念中的界线。祖华家族原是黔北边境的，后由曾祖父迁到湘西。

在贵州训练了两年，军队里允许回家探亲，他先写了一封信回去，问玉翠嫁到哪个寨子的，杨家寨？呇湖寨？溪洲？还是保靖城里？他是希望玉翠嫁到城里的，这样要比在农村过日子强，吃穿基本上不用愁了。他又希望她嫁到呇湖寨，他有两年没看到她了。

玉翠心窍子早开了，但却对哪个小伙子也不敞开，她在守着一个梦，一个还没有发生过的梦。祖华走后，她仍然常来呇湖寨，比祖华到家里时来得更频繁。有时看着山，想着李库或者庙坡上突然出现一副穿着整齐军装的身影，军装的绿色，差点让她误一位看到了一棵最挺拔的树。有时看着李库脚下的小河，想着河面上突然飘荡着两把散乱的野花。紫罗兰？栀子花？野菊？抑或吐着料峭寒气的腊梅？现在，李库脚下的荒土里的两棵腊梅树，正缀着朵朵深红色的小花。一眼望去，李库脚下好像披了两块红绸子。两块红绸子，撩着火一般的热情，似乎这个冬天，也应该有一点热烈的火来将寒冷燃烧了。因为这个冬天实在太冷了，不知迎接的是一个明媚的春天还是晦暗的春天。

祖华回来了，水到渠成，时间到了梅子就熟了。祖华与玉翠在一栋三开间的木房里完了婚。

两个原本就该融为一体的身子终于融为一体了。祖华搂着玉翠，如搂奶搂酥，多年的感情加上两年军队的训练，他的力量与爱无遮无拦地如白色的瀑布般倾泻到玉翠身体里，心田里。玉翠期盼已久的愿望终于在今夜成了现实。她抚摸着祖华每一根粗壮的肋骨，每一寸为太阳与时间磨砺得结实的肌肤。她感受到，他如铁如钢，似火似阳。房里桐油灯昏黄的光亮，如清水般洒在男子壮实的胸膛，如一首圣洁的乐曲跳荡在女子雪白，丰满的乳房上。

"军队里可好？"

"好。我当了班长。"

"怎么当到班长的？"

"部队上讲我思想进步。"

"打仗不打？"

"应该不打，当今讲究和平发展。以后的事也讲不清噢。"

"那都干些啥？"

"训练。挖土。种苞谷。种谷子。"

夜已深了，东方一道银白的光亮划过寨子东边的庙坡山顶，划破了天空一片乌云投在庙坡顶上的影子。一方有人欢笑，一方有人哭泣。

祖华在家里待了两天，离别了老父老母，辞别了新婚妇人，又赶回军队去了。

玉翠觉得肚子里从此安置了一个秘密，那个秘密像小兔子一样在她的肚子里，心里，跳来跳去，撞去撞来。

她像是由粉红的桃花捏成的，提了木桶到寨子西南处山洼里的那口井里打水，再晃晃悠悠地挑回来。这口井由寨子里人砌了方石板围起来了，

防止老人或小孩子滑倒跌进去，如翡翠似的深井，跌进去就要要了人命的。大伙儿给这口井取名为"大水井"。玉翠常到大水井来给自己，祖华爹和娘洗衣服。她做着一个少妇常做的梦，不久的将来这洗衣盆里还要添一对父子的衣裳进来。这么想着，嘴角便安置了两道甜蜜的线条。

日子一天天过去，玉翠觉得自己应该看到酸萝卜而大开胃口，或者应不自觉地想念热天里梅子的味道。但那也只是她的想象与渴望罢了。她的心，她的脑子想，偏偏她的肚子不想。

祖华娘饭后饭前不忘朝儿媳妇儿肚上瞥几眼，想瞧瞧肚皮长成了尖的还是滚圆的，尖的怀的是儿子，圆的是女儿。每回总让热心的祖华娘失望，既不是尖的也不是圆的，只是肚皮正常的样子。时候不到，时候不到。每个人只能以"时候不到"宽慰自己了。

玉翠生性就是乖巧的，不拘到了什么时候，乖巧总不会丢失。一个人身上的美德若何时也不会丢失，那将不枉造物主赐予人的完美。吃夜饭时她乖巧地夹蛋到婆婆碗里，祖华娘闷生闷气地又夹起蛋丢到锅里，那神气近乎是掷去的。祖华爹看不过意，咳嗽了一声，反而显得局面更为尴尬。三老倒是挺欢喜这个二嫂，因为二嫂也时常帮他洗衣服。

"娘，咋不吃蛋？"

"留到你们吃，莫忘吃了还有活儿！"

"我们吃了。"玉翠的笑已有几分少妇的那份成熟，庄重了。

"还有你爹跟三老要吃！"

玉翠初为人媳，她感到这重身份有些沉重，她又怀念自己在杨家寨当姑娘时的快乐了。而当下真冷啊，又一个冬天了。

"还只一回。祖华，你快转来吧。"玉翠剁猪草时祈祷声也咚咚咚，到河坝上捶衣服时祈祷声也梆梆梆。祈祷，是一个孤立无援的女人仅有的法宝。但无论是祈祷还是朝拜，不管是对女人还是对男人，天命，命运，总不是你期望它改变就改变的。更多的时候是你期望不变，它变了，你期望改变，它却不变。

祖华随部队到了江西，他回来过一次，没有看到玉翠肚子一样，也没有听见更稚嫩的哭闹声，在他，仿佛是并不惊奇的。生儿育女往往是老一辈人更为操心的事，祖华的心里，认为世上一定还有比生儿育女更重要的事，比如当兵，比如走过许多遥远的地方，也做了那么一两件遥远的事。他这回也只预备到家里歇两夜，第一夜陪着阔别将近一年的玉翠说了些话，听玉翠说了些痴话。

"我有不起孩子。"她是真的难过的，听那声音里，也掺杂了浓厚的愧疚感。

"莫急，咱不忙，哪时有都可以。"

"要是没得咋办？"

"莫乱想，有得起。"

…………

…………

"你要有良心啊。"

"快睡，莫傻了。"

第二夜他坐到门前的河岸上，到田塍上散步，天上的月光朦胧，地上的芳草萋萋，各样的野花藏在青草里，酥软的芳香藏不住的，爱与美也遮挡不了。

他走到了二队上看油坊碾坊，这是他从小的乐趣。有两座油坊已拆了，如今还有一座油坊和书记家的两座碾坊。他只远远地站在田塍上望着油坊碾坊模糊的轮廓，他要从油坊碾坊微白的轮廓里找出流逝的童年，少年，与这不久就将过去的青年，还有那未知的只能预感到的老年。几座小小的平凡的油坊碾坊，

也收藏了许多人的哀乐，还收藏了变化着的，发展着的时光。

看着碾坊时，他想起那个贴心的善良的女孩儿，也许，已经嫁人了吧。正想着时，有一双柔软的细细的手将他的腰抱住了，越抱越紧，他知道，是一双女人的手，他想回头时，腰上的一只手移到了他嘴巴上，将嘴巴严严实实又舒舒服服地捂住了。

"两三年了，你怎么那么心狠！"

他无法说话，还停留于惊讶之中。

"我晓得你又要走的，我也晓得你不欢喜我，顶多……顶多是感激。"女人声音变为微小的哭声了，"我倒是欢喜你要我，啊？莫讲话，你就点头……或者摇头。"

祖华没有点头也没有摇头，只是世间很少有中立的选择。

天地如混沌，宇宙万物表现为一。天，夜下来了，没有一丝微光。

女人松开了双手，脱去了单薄的的确良碎花衣裳，解开了裤带，拥着祖华轻轻地没有一丝声音地倒在长满青草的田塍上。女人柔弱的抽泣与呻吟，令祖华心如猫爪抓着又如刀绞。两副火热的身体紧紧交融，化成一块儿糖了，那么柔软，那么甜。田塍上的一层厚厚的青草承载不住双重的重量，皆柔顺地倒伏成一片。"嗒"草稍上滑落的不知是一滴甘甜的露珠，还是一颗咸咸的汗水。

三

两天过去了，祖华回了部队，部队又由江西开到山东，安徽，最后在江苏驻扎了两年。第一年祖华与家里经常通信，有时回信是爹写的，有时是玉翠写的，都言一切尚好。第二年通信次数减少，而回信，都是爹的字迹。

一九七四年，祖华正式退役。当了八年的兵，训练了三年，种田种地种了三年，两年跋涉在路上。摸过枪，到各地打过几次残余的土匪，但都是些小仗，如晴天里落了几颗雨。晴天里的几颗雨，只当是几颗汗水，哪里有雨的影子啊。这样的时局，于个人，从某方面而言也许是不幸的，但对于整体，毕竟是发展，是进步。由单个的人组成的整体具有单一的人所不具有的意义。退役回家当天，七九二零团团长朱到亮与政委李淮章来为退役的同志们送行。

"陈祖华！"

"报告团长！"

"那块地里该种什么？"

"苞谷。"

"这块地哩？"

"黄豆。"

团长朱到亮乐呵呵地拍着祖华手膀子，将与兵最后一次对话，最后一次重温军营里那点伟大而又平凡得单一的日子。

每个退役的兵既留恋部队的生活，也思念家乡，念着那多年未见的亲人。有的人眼里，是笑影，有的人眼里，是泪水。但都是同一性质的欢乐，为家而欢乐，一个大家，一个小家。

祖华也带着一重性质的两重欢乐回了家。

回了湘，回到了湘西，转到了保靖，过了阳朝乡，进了旮湖寨。祖华不想即刻就过木桥，他愿保留一段距离来收缩，平复他那颗心震动的幅度。只站到门前小河的另一条岸上，唱起了土家族山歌：

太阳出来照尘埃，
金花银花滚下来。
金花银花我不爱，
只爱小妹好人才。

他想理应听到玉翠甜甜的淡雅的歌声，那样回应着：

大河挑水不用瓢，
大山砍柴不用刀。
小妹不要郎开口，
只要眨眼动眉毛。

但他并没有听到玉翠的回应。于是迫不及待地大声呼喊：

"咳！我转来了！"他的声音渗入了几分沧桑，几分空洞在他的声音里回响。

"到屋没到？玉翠，爹……"

祖华娘最先从木房的堂屋里走出来，头上还是缠着那条白色帕子，白色已褪色得很厉害了。

"娘。"

"哎，转来了转来了哟。"娘跟祖华过了河，她牵着儿子那双骨骼粗壮的手，几乎牵不动了。

"娘，王生到山东和我分散了，后来听人讲他害病死了。等会儿我还得告给他屋爹娘去。"

"噢，好，好，告给他爹娘去。"祖华娘两股浑浊的泪从眼角溢出，她又抓住祖另一只手，确信自己看到的是活生生的儿子，而不是那不幸的糜烂的肉体。

"娘，莫哭了，我好生听到你话的，转来了。"

一进到堂屋里他看到玉翠背对着门坐到矮凳上。她长肥了去，宽阔高大的背影都能盖过祖华了。

"玉……"

"祖华。"

祖华的笑容僵到了眼角上，他有些惊奇又有些惊慌。她不是玉翠。

"祖华，是我，黄金丽，你还记得到记不到？以前到二队上田里，你和几个小伙子给我赶水鸭子。"

祖华略微迟疑了一下，若有所思地答道：

"好像记得到，你屋里水鸭子真犟哩。"

"你还记得到呀。"黄金丽生得一副贤淑的面容，身子肥胖，个子高大，胸前的乳房高耸着，似要涌出一盆汁液出来。一双澄澈的大眼睛闪着光亮，那张可爱的小嘴微微张开。

"是呀咯咯，"祖华转向娘问道："娘，玉翠过哪去了？"

"下不出蛋的鸡婆你还惦到？转她屋去了，去好久了，她不肯到你屋坐和你过日子了。"

"她怎么的了？莫傻又傻了。"他这一句话没有期待回答，他已预感到什么事情了。撂下背上的背包，没有脱下一身绿军装，就翻了山头过杨家寨去了。

玉翠家的房子已在不知什么时候从世上蒸发了，也有可能是液化了，流到土里去了。只有一片片破碎的爬满苔藓的青灰色瓦片，一块块腐朽的木板，杂乱地堆到原先是灶房的地上。

"这屋人啊，出去几个久了，过江苏去了。"一位好心的过路人看到祖华呆愣在瓦堆里，因而好心地告给他关于这家人家的去向。

"二女子不听讲，跑了，过江苏卖二嫁去了。"一个头缠黑布的老妇人与第一个好心人迎面而来，擦肩而过。因为看到祖华背影高大挺拔，是个健壮的后生，故将后半句也说出来了。

有一声声冷冷的笑声从瓦堆，木板底下蹿上来，像风吹过风铃般美妙，却又有些灼人，灼人耳朵，灼人眼睛，灼人心，灼人肺。

玉翠因四五年来一直未孕，与祖华娘的关系日益紧张，婆媳几近到了互不相容的地步。玉翠生性乖巧，但倔强是藏在心底的，逼到一定程度，自然由倔强来做最后一道法宝了。前面说过，祈祷是孤立无援的女人仅有的法宝，却不是最后一道。她也曾怀疑过也许是祖华自身的问题，但终究宁愿相信婆婆的话是她自身怀不了孩子。在祖华退役前一年，她就同家人一起过江苏讨生活去了。她选择离去，是因为想珍藏住爱情的回忆呢？还是世上还有一种比爱情更能支撑人生活下去的东西？玉翠刚一走，祖华娘就将二队上的黄金丽接到了家中住，黄金丽是她早年就看中的儿媳妇儿。黄金丽又自小就欢喜祖华的。

黄金丽给祖华生了三个儿子三个女儿，一个女儿夭折了。祖华买了十一只羊牯子，整日整日到李库、庙坡上放他的羊。牵着十一只羊，好像牵着一群活泼的欢喜跑动的孩子。到李库放羊时，他久久地望着二队上拆掉了油坊碾坊的水田里哞哞叫唤的水牯牛，黄牯牛。然后是一排排开进来的隆隆作响的耕田机在水田里毫不费力地犁出深深的垄沟。书记家的那栋高大的木屋不见了，在原来是木屋的地方，一座白瓷砖高楼正在修建。祖华想起了向三妹，她被逼着打掉了孩子，随后被无情的父亲嫁到卡洞坪。关于卡洞坪这个地方，有一首歌是这样唱的：

养女莫嫁卡洞坪，
砍柴要上烂泥寨，
背水要过猛寨坪，
行到深山跌一跤，
只见背桶不见人。

到庙坡放羊时，又望着李库顶上巍峨的高高耸入云霄的网络信号塔，信号塔闪耀着银白的光亮，放射着电磁波这种特殊的看不见的物质。

"羊牯子，转去了。"他耐心地牵着一群咩咩吵闹的小生灵。在那咩咩声里，有很多东西，他迟钝的听觉，已听不太懂了。

今晚的月光，流泻成朦胧的莹白的雾霭，雾霭里一截截瘦削的枯树枝影影绰绰。一轮圆润清明的月亮浮在淡绿色的苍穹。

李库脚下的一座石屋里，锁着一个神志不清的老人，从石屋里传来苍老，悲凉，但却铿锵的歌声：

我的羊在山顶，
山顶的庙里响着铃音，
儿啊，
快快去赶，
急急去牵，
宰了在炕上悬成一片。

我的羊在山顶，
就要跟庙里土匪结亲，
儿啊，
抢也莫怕，
逼也莫怕，
保佑你有天神和地神。

我的羊在山顶，
十七青年参了军，
儿啊，
保家卫国，
儿女情长，
要把生活记在心。

我的羊在山顶，
家事国事都已平，
孙啊，
忆起我的壮年，

思量我的老年，
过了整整八十年。
唷咳，
新世纪！

圈子

我们村叫旮湖村，是旮旯，但没有湖。

村子四面环绕着不高不矮的青山包，一条宽阔的沙子路穿过山脊梁，朝西北方向直奔而去。我们的眼睛粘在沙子路尾巴上，想跟随它去看看山外边是否真有天，当我们眼睛随它爬到山口处时，它便哗唧打个滚，将我们的眼睛抛了回来。

农舍全都坐落在各面山脚下，西面山脚的农舍密集，北面是三五幢房子为一堆，疏疏落落堆了六七堆，东边儿是沙子路的源头，也是太阳升起的地方，南面的这座山鹤立鸡群，它是唯一能穿透薄雾碰到星星的，我家就住在这座山脚下。可是我爬到了山顶，薄雾还在很高的地方透出淡蓝色的光，绿色的星星死死地钉在了天幕上，不闪，和我在山脚看它们时是一样的。我终于明白了，"南山"也和我一样矮小，我碰不到的，它也同样碰不到。

村里的田野很辽阔，虽然它们被四面山卡得死死的，但它们却可以在山的包围之内铺满整个村子。田埂纵横交错，块块稻田没有规则地连在一起，在田野正中央，我家门前不远处，有一条朝气蓬勃的小河，河水里流动着鸢尾花的颜色，时不时地冒出几个泡泡，泡泡里落满了彩色阳光就"噗

哧"破碎了。小河约有四米宽，因为我曾站在小学教室的讲台上比画过，小河宽度刚好有黑板那么长，但它们长度到底有多长，连我爷爷也不知道。河的两岸都长满了高大的榆树和矮小的桑树，一蓬蓬野蔷薇，野葡萄藤的身子又长又瘦，爬到榆树枝上和桑树树冠上。

　　村子里没什么热闹事儿，大人们都像会说话的木偶，像麻雀拉屎般在东家丢下几句话在西家拉几句家常，从来不会做点什么出来。他们古铜色的身体和心都交给谷子了。

　　于是，孩子们只得自己找乐子，我们剥了桑树的皮，卷成号角状放在嘴里吹，"呜……呜……"从嘴里发出断断续续的哀鸣，但这声音很轻，射不到北面的山头就没气儿了。我们又在小"号角"上加了几层皮，现在它看起来跟牛角一样，粗壮又结实，"号角"尖上还泛着金属的光泽，我家牛棚里的水牛角上也泛着这种光，但我家水牛角可比这种"号角"威风多了，又长又弯。"咕噜……咕噜……"大号角像在召唤全村老少都来河岸集合，我们这一群孩子是将军。有时我想要是我真当了将军，一定把这些山都劈了，要带领全村人去霸占更多的山头，像我们古老的土司王一样。但这咕噜咕噜声又变了味儿，像在裤裆里跑不出来的闷屁，我也就觉得我是当不了将军的。

　　过了两三个月，大人们割完谷子到河里去洗澡，看到岸上的桑树都像着了魔一样紫黑紫黑的，树干上闪着一块块，一圈圈黯淡的发着霉的疤痕。父亲回来抽了我一耳门子，我的脑袋嗡嗡响，像一群马蜂钻到脑袋里扇着翅膀在旋转。父亲急躁的吼声在嗡嗡声里乱跳，乱撞，像在裤裆里跑不出来的闷屁。

　　"你个砍脑壳的，喊你莫跟那帮崽子玩你又跟他们死到一块儿去了！'跟到好人成好人，跟到坏人成坏人'，这是老辈人讲的，你还没把这话装进脑子？"

　　"你爹打你打得有理，你跟他们剥树皮树都被你们剥死了，那是公家的树！跟到成绩好的成绩变好，跟到成绩差的成绩变差！"母亲接着父亲的话茬子，一边"哒哒哒"使劲儿剁猪草一边狠狠地训斥我。"跟到好人成好人，跟到坏人成坏人"，这句话是老辈人讲的，爷爷也讲过，但母亲说的"跟到成绩好的成绩变好，跟到成绩差的成绩变差"我不知道这也是不是一句古话。我记不起除了母亲还有谁讲过，我的脑瓜子没有那么大容量，便索性不再去想了。不过那公家的树怎么就不能剥了，它是长在河边上的，可没写谁的名字。

天黑了之后我又偷偷叫了邻居小燕、西面儿的含含、老敏，北面儿的四老壳。墨蓝的天压得很低，镶在天上不会动弹的小星星没有随压低的夜空降下来一点，还是在很高很远的地方，小心翼翼地，射出模模糊糊，没有长度的光线。银灰色的田埂，像一条滑溜溜的泥鳅，带着我们一蹦一跳地来到河边。

"扑通"一声巨响，像滚进去了个大石头，接着在河水中露出一个黑黢黢的脑袋，在散乱的短发中露出半边明亮的脸。"怕死鬼，老子钻个闷沟给你们看。"小燕胆子最大，她身上有一股阳气，阳气随着她钻进亮亮的水底，在水中凿出一条沟，就叫闷沟。她在水里翻来滚去比我家的水牛还厉害，明亮亮的水滴在她胖乎乎的背上，厚嘟嘟的脸上随着她每一个跳跃，旋转而甩出去，就像下雨时转动伞柄，水珠"嗖"地像珠子一样飞出去。

四老壳在田里捡了把稻草，哗啦啦拿稻草扫着水面向小燕泼去，小燕两只厚手掌推着水面，溅上来的水柱足有丈把高。老含蹲在我脚边，双脚怯生生地在水里探了探，她害怕从水底泥巴里钻出蚂蟥来。有一次我在田里拾穗子，一屁股摔在稀泥中，脚肚子痒痒的像有虫子在咬，拔出来一条软绵绵的蚂蟥，它身上的青绿色也是软绵绵的，肚子里填满了我脚肚子红红的血。这些蚂蟥，一辈子在田里能吃到多少人的血呢？

我往后退到了田埂上，捅了捅老敏的胳膊肘。她在低头拿稻草编人、狗，还有各种小动物，空气里点点青光从她手指缝里漏下去。她一声不吭。我真佩服她，她可以一连几天不说一个字，或是对着草棵子叽叽歪歪扯几句。也许，是她家人嫌太吵，她的两个妹妹整天哭得稀里哗啦，她的小弟弟在她娘怀里"吧唧吧唧"呷巴着嘴，两颗黑棋子般的眼珠笑盈盈地望着浮游的尘埃，所以老敏禁锢住了自己的舌头。她的脑子有没有禁锢住呢？我捅了她后她向右侧转过头，对我挤了一下眼睛，说明她的脑子还是活动的。

"老花，这个是你的，这个是小燕的，这个是……"她给我们一一分送了她的小草人儿，就她自己的最好看，我的简直像一根腊肠。

"你偏心，这个不像我，你的像你！"我说着扔给她。

"我又没学过美术，只能勉强做得稍微像你的样子啰。"

我想她说得也对，我趴在田埂上爬了几下，觉得我确实像一根腊肠。我的五官她编不出来，我自己也编不出来，但我在心里能画出五官的样子，每个人都能在自己心里画出自己五官的模样吧。

　　我不经意向河对面望去，对面河岸的荆棘丛里有一块块、一圈圈不均匀的银灰色条块露出来，我的视线顺着银灰色条块往上爬，爬出了一棵树的轮廓，树冠红褐色的一团。我知道，这是被我们剥死的桑树。突然间我觉得自己杀害了一个生命，感觉自己的皮也从脚到脑门盖被剥完了，没有皮，没有毫毛，没有小血管，光秃秃的，在村子里转，转，转……

　　这树是公家的？这也有理，每次夏季涨水时都是村委书记带头往河里撒敌敌畏、农药等我叫不出名儿的药，总之是要毒死鱼的。一条一条巴掌大的鱼就从河底滚着白肚皮浮上来，大伙儿就从各自家里抄出渔网。我也舀过，舀了一大盆，大的小的，泥鳅黄鳝都有，像丢了一盆的各个时代的钱币，有大有小，有白有黄，还有黑，有长条，有椭圆形的，有圆的，有叫不出名的形状。冬天耕田时，也是书记带头扛着蟒蛇般的大管子到河里抽水，所以桑树也许是他家的。他是书记，代表整个村子，所以桑树也就是公家的了。

　　我的心中又升起了一缕缕如烟岚般的疑虑，飘忽不定，这树没写书记名字，所以不是他的，也没写"公家"两个字，所以也不是公家的。夜色凝重起来，四面青山在向中间靠拢，山上的树一棵一棵分开来，轮廓十分鲜明，每一棵树都没写名字。它们是谁的呢？我逼着自己的视线跳过山脊，像那条沙子路一样，可刚触到山的脊梁骨就弹回来了。我面对西北方向，心咚咚跳个不停，既躁动又安宁，既幸福又痛苦。西北山顶上，有一个雪一样白的光点，小燕踢出的水珠溅到我眼睛里，我擦了擦眼睛，再看那个光点时，它不见了。

　　"娘的，不见了！"我在田埂上跺了两脚。

　　"娘的，啥不见了？"小燕在水里露出了大半截身子，她的皮肤也是古铜色的，两颗粉色小草莓在胸前高耸着。老敏、含含、四老壳都直勾勾地盯着我，好像从我嘴里冒出了一句外星人的话，令他们非常吃惊，又很迷惑。

　　"算了，你们懂个啥。"我的脚在干枯的草上搓着，有些难为情。

　　"俺婆讲要是我像你一样拿个第一名，她包准天天给我炒肥肉吃。"小燕脸上泛着兴奋的光晕，红红的。

　　"对呀，咱们都知道老花懂得最多。"含含从四老壳手里扯了一根稻草，放在嘴里嚼着，发出模糊不清的音节。

老敏只是淡淡笑了一下，没有说什么，她读一年级时总拿第一名，但后来就不拿了，我从二年级到现在五年级，年年拿第一。所以我这些小伙伴崇敬我是有道理的，她们要不是看了我家灶房木壁上一壁板的奖状，都不知道奖状长啥样子。我很得意，但心里又一阵失落，并且感到羞耻，有几点疑惑像麻绳儿一样缠绕在我心上。

很晚了我们才回家，天上的星子已经化成墨蓝的夜空里一个个墨蓝的点了。我们五个分开了，各自走回各自家去，像五个墨蓝的点在田野里窜。

灶房门闩紧紧拴着，我又薄又扁的右手掌从门板与门槛之间的长条缝中伸进去，再弯曲往门板背面上爬，摸到方方正正的门闩往外拽，左手抓着门上的铁钩晃动。三两下灶房门就开了，"吱咯"一声，短促却尖锐，我很庆幸自己爬树爬地洞练就了这身本领，动作敏捷得像一只狡猾的猴子。母亲曾经就这样说过，她说我是怀了七个月生的，七个月就生的孩子狡猾。

开了灶房门我只能待在灶房里，堂屋门被关得死死的，堂屋里母亲的鼾声也死死的。我脑子骨碌碌转动一下，忽然记起炕檐上放着弟弟的吊床，于是摸黑从炕檐取下了吊床，将两头系在灶房的木柱子上。

其实睡在灶房是件很享受的事，灶房的瓦块破破烂烂，灶房四壁是用木板和竹条夹成的，这样只要一抬头便可将整个世界的夜色看得清清楚楚。母亲经常说我们家是"月亮点灯风扫地"，弟弟也常撅着嘴巴重复道："月亮点灯风扫地。"这话不知是不是母亲发明的，我只听她一人说过，如果她读了书，没准儿可以当个诗人。我整个身体的重量都往屁股上堆，屁股倒在吊床里，吊床载着我——晃晃悠悠。外面的世界很暗，墨蓝的夜空又抹了一层黑，除了透明的摸不着的空气之外，什么都看不见了。

"月亮点灯风扫地"，我盼望着月亮把我家照得如水一般，锃亮锃亮的，风把我家泥巴屑都扫走。我又想起了那四个人儿，她们正躺在床上还是蹲在屋檐下？

"啊呜……"有一声小女孩儿的哭声从西面传来，只有一声，便再没响起来了。

"当……当……"从邻居家传来打铁声，吴大爷应该早已歇息了，我的眼前窜过小燕肥大的影子，矫健得像一只猴子，一会儿拉风箱，一会儿

拿大锤子锤着浸过水的旧镰刀。

我记不清后来是怎样醒来的，甚至那天白昼的样子，我也记不得了，天空高挂着太阳还是阴云满布？

只听弟弟偷偷告诉我，吴大婆，四老壳她娘，老敏她娘还有含含姥姥，在沙子路上吵了一架，不知道是一个一个对着吵还是分帮分派地吵。她们把我们几个偷李子、偷柑橘、在斜坡打滚、半夜下河的陈谷子烂芝麻事儿都抖了出来，无疑罪魁祸首是我。

"你看，搞了坏事怪我图！"母亲擤着红肿的鼻子。父亲枯萎的脸沉默着，我觉得他老得太快了，好像只在村子里转了几个圈儿眉毛就白了。

"好生读书，以后你当干部了看他们还瞧不瞧得起咱。"母亲对我说。

母亲没有怪我，我没有告诉她我确实是罪魁祸首，我这颗聪明的脑子除了带领大家去偷李子、柑子、爬坡、跳河，我不知道还能干什么。

从那时起，我和几个小伙伴走路撞见了也当不认识，她们畏畏缩缩，我凭着这颗聪明的脑子昂首阔步。

一切都很正常，也许生活原本就是这个样子。然而我发现母亲说的"跟成绩好的成绩变好，跟成绩差的成绩变差"这话不正确。因为我成绩一直没有变差，我伙伴的成绩也没有变好。

至于父亲说的"跟到好人成好人，跟到坏人成坏人"，我就不清楚了。

我不知道我变成好人了还是坏人了。

稻穗

　　刚下过一场大雨，宽阔的平台上，长长的台阶上的谷子赶在大雨之前就装进堂屋了。这会儿，长着毛的灰尘裹成了一团团烂泥巴，躺在阶檐下喘气。

　　父亲走到平台上扛起连箱，一条透明的线条从他鬓边垂直地画下来，不知是雨水还是汗水，只有尝了才知道。他将连箱搬到牛棚去了，那儿还有一袋袋刚从田里运回来的谷子，袋子里的谷子正冒着热气，比牛鼻孔放出来的热气还要热，我真担心它们会在袋子里发芽。

　　田里的稻谷都收割了，淡青色的稻茬是刚割过不久的，褐色的老稻茬没有一点生气，像一截截指向天空的枯手指。稻茬中出现了两个人，两个孩子，他们走近了些，我才看清是我的伙伴小燕和她那矮小的婆。她俩一声不吭，比一心在草丛里找虫子的鸭子还要专注。一会儿一个人弯下腰去捡到了一串金黄色稻穗，往上抛了一条抛物线，抛物线越过头顶钻进背上的背篓里，另一个人接着也弯下腰去，重复着相同的动作，两条抛物线或一前一后，或一左一右按照预定的轨迹运行。

　　我跳过高高的堂屋门槛，朝着田里挥手："嗨，怎么样了？"

　　两个人同时抬起头，向四周张望。

　　"这里啊，瞎子！"我这话是对小燕喊的，喊完才发觉不对劲，她婆很生气地拽着她朝河边走。

　　我立马飞跑进牛棚，从松木架子上提起一个小背篓。

　　"死到哪里打摆子去？"父亲正在解袋子的绳子，绳头咬在嘴里，用手在谷子里来回刨动，又从嘴里取下绳子重新系上。

　　"我要捡谷子去。"

　　"还怕这么多谷子养不活你？我的囡，你捡那几根连鸭子都吃不饱。"

　　围在屋后水塘里的鸭子嘎嘎叫了起来："你捡的那几根连我们都吃不饱，

嘎嘎……"它们也在嘲笑我。

我还是若无其事地跳过门槛，在台阶上跺了几脚，这些死鸭子，天天要人养，而且是毫无条件地养它们。父亲养我，是因为他老了我要养他，养鸭子，除了吃，什么也不能干。

我跑进了田野，那俩人儿蹲在河岸上，像两只正在孵蛋的秧鸡。

"哈，冻着了吧？"我走到我伙伴身旁蹲了下来。

小燕摇摇头："不冷，刚刚下过雨脚有点凉。"

她用胖乎乎的手脱下胶筒靴，朝鞋子里望，从里面扯出一根干稻草。

"穗子难捡，都被先到的羊吃光了。不像你屋，你老子有的是力气，种得起田！"她婆看着我愤愤地说道，一坨眼屎还挂在她左眼角上。

我在想她果然愚蠢，就像她那坨眼屎一样，那么多稻子可换不来钱，我们家每天都吃青菜，她家总有肉吃。

"你家吃得起肉。"我肯定地朝她说道。

小燕两眼突然因兴奋而放光："我爷打铁有钱买肉。"

"就你嘴巴多，现在哪个还要你爷打，人家都去城里买现成的锄头去了！"她婆捅了她一胳膊肘，好像怕她把吃肉的秘密泄露给我。

我们站起来，走过"吱咯吱咯"响的小木桥，去另一个村子捡谷子，我们这儿的，都被羊吃光了。

脚踩在野草上，咔嚓咔嚓响，野草底下像有一层冰，零乱的一根两根稻草洒在野菜花上。这种花白白的，细细的，没有任何款式，就是一个个小白点，既不香也不漂亮，像我们村子一样落后。

小燕她婆在一个大脚印里抠着什么，印坑里的水没有一丝笑容，"时日都过去了，还有啥可笑的。"呆滞的水似乎在说。

老婆婆从印坑壁上抽出来一根穗子，穗子全身涂满了稀泥，被谁在田里狠狠揍了一顿样的。一坑的水都被她搅浑了。两条诡谲的纹络从她的鼻头两侧一直拉到嘴角。

"咔……嚓……咔……嚓……"她手提着那串穗子，胶筒靴一脚一脚地踩在野菜花上，她故意要一脚一脚地去踩，要踩得更响，让我，让空气里的所有人都要听见她的响声。一会儿她又在另一个坑里抠，从一个坑到另一个坑，最后手上都有一大把了，差不多够三个人饱饱地吃一顿了。于是沿着满是裂缝的河岸走到堤坝上，在堤坝向我们招手。

"来，帮我洗洗。"我和小燕过去了，不知道为什么我要听这个老婆婆的话，先前她对我还那么不客气。

她将背篓放下来，把半背篓残缺不全的稻穗哗啦啦倒在坝上，这些还算干净的穗子和她从坑里挖出的穗子混在了一起。

她叹了口气说："看吧，连畜生也欺负人，那些老水牛不晓得好歹，人吃的东西它也踩。"

小燕听完她婆的话咧开嘴哈哈大笑，"你又没给牛讲喊它莫踩，它当然要踩了。"

老婆婆狠狠瞪着她，两颗眼珠子都要弹出来了一样，慢条斯理地说："咦？你嘴巴骨越来越硬了？我晓得的东西还没得你多？"

小燕闭口不言了，这老婆婆总自以为是，我伙伴跟着她肯定吃了不少苦。

"喂，"我对着小燕耳朵轻轻说道，"以后莫跟她去捡谷子了，让她一个人捡，看她能捡多少！"

我为我的主意感到高兴。

"不行。"她把我拉得更近，用只有坝口小孔里流出的水才有的声音说："我和她加起来都没多少，她一个人就更少了，回去爷要生气的。"

老婆婆又用阴沉沉的眼神瞧着我们，她猜不出我们的秘密，就像她不知道为什么要下雨，谷子为什么就被羊吃光了。

"嚓嚓"，脱粒的谷子被我们在坝上搓得直响，青石板都快被我们搓白了。河岸上的榆树叶抖落叶尖儿上的雨珠，一个小圆圈，两个小圆圈，三个小圆圈就在河面上划开了，没有一丝声响。等太阳一出来，树叶被晒干，河面也像一层干的皮，不会有任何波动。不过那时水就更暖和，洗脏谷子的话嚓嚓声就更清脆，田里的麻雀听到了恐怕都要过来啄谷子吃。

我的双手搓得发热了，心里也热乎乎的，就把我小背篓里的几串穗子也扔进来一起搓。老婆婆诧异地望着我。

"我都给你们了，我家有的是，牛棚里、堂屋里、柜子里都有。"

老婆婆的小脑袋缓缓地垂了下去，没有说什么。

搓洗好了谷粒我们一捧一捧装到一个大背篓里，我和小燕的小背篓空荡荡的，还有一粒椭圆形的谷子卡在我背篓的竹缝中。"嗒"，从背篓底

漏下去一滴金色的耀眼的水珠，只这一滴，整个河面就摇荡起一把一把金光。

我们重返回到岸上，从不知名的地方飘来一股一股谷子的芳香，闻着这香味儿，可以几十天不吃饭也饱了。在远处一座矮山坡下，一片比夕阳更老的水面涌起了一层一层互相推动着的浪涛，那是唯一一块没有收割的稻田。我们朝着它进发，觉得那里的田一定很肥沃，稻穗也肥，留下的穗子更多，这是一块羊没有找到的地方。

接近了这块茂盛的稻田，小燕和她婆径直朝前走去，连瞥也不瞥这些摇头晃脑的稻穗。而每根穗子上的每一粒谷子都像太阳的一粒颗粒，将大把的颗粒抓在手上，那是什么感觉啊。

"你们先去前边儿捡，我屙泡屎。"

我呆立着不动，也不知道站在这干什么，那金色的浪涛像股旋风要把我卷进去。

"噼噼啪啪"，我将稻穗上的谷子刮进背篓，足足盖满了背篓底儿，还抽出两大把穗子塞进背篓。满足地跑着追上她们。

"看，老奶奶，这也是给你们的。"

我把背篓口对着老婆婆，这神圣的佛祖发出的金光把她吓呆了。

她一定很少得到过这么干净而饱满的谷子。

"你手怕是要糟报应，把它们拿给你老子吧！燕儿，走！"她拽着小燕，差点将小燕拽到泥巴地里。两个人立刻变成了两个干巴巴的黑点，不见了。

"你捡那几根连我们都逮不饱，嘎嘎。"水鸭子又欢腾起来。

父亲在灶房里抽着旱烟，他坐在二伯对面的小马凳上。

"二哥，咱明年请个收割机，那是个了不得的家伙，一根不漏。二队上的人今年都开始搞了嘞，他们还向乡政府上报了，估计有补贴。"

"那试一下，要是乡政府给咱一队也补，咱就搞。"二伯很赞同父亲的观点。

明年，收割机就要开进来了，啪啪啪稻穗齐刷刷地倒下，进了收割机的肚子，一根不漏。

骨头

　　一间房是木板搭成的，光滑的松木板涂上了一层明晃晃的漆。一间是砖砌的，砖孔里总充塞着泥土潮湿的气味。自我认识她起，她就总是在这两间狭窄的房之间转悠，这是她全部的生活空间。

　　她是我的一位老邻居，已年过七旬，从来只是一个人生活，仿佛她自始至终都是孑然一身。

　　"嗒……嗒……"老邻居敲着拐杖，背上驮着一个红色的破尼龙袋从我家门前的石板路走过，偶尔像从朦胧中惊醒似的抬起一双浑浊的塌陷的眼睛。

　　"旧书壳莫扔喽，废报纸给我，扔了就啥也做不成了。"她的一字一句歪歪曲曲地从她脸上下垂的肉里挤出来，一个音节碰着一个音节，就像上下齿在打战。我知道她用这些旧书壳和报纸来纳鞋底。

　　"看，多不容易，手都肿喽。"她总坐在门前台阶上专注地做鞋，一有路人走过，她便提起拇指和中指缠着布条的右手给路人看。那些新包扎的伤口，是她辛勤劳作的凭证，就像鞋底儿上的一圈小圆洞，是锥子努力穿过的凭证。谁也不知道她做了多少双鞋，但凡阳光温暖的日子，她又坐在台阶上纳鞋，鞋底永远是旧报纸、硬书壳做成的，她纳的仿佛永远是同一双一双鞋，没有哪一双与其他的有什么区别，至少在我看来如此。就像她做鞋的透明而干燥的日子，永远以同一个面貌循环，这些日子连成了她全部的生活时间。

　　当板车辘辘的滚动声与农民啪啪的脚步声从对面宽阔的马路轻快地上下跳动着来敲响我们的木门与瓦片时，我们就知道，嗬，又是一个赶集的好日子。

　　可能我老邻居比任何活人都更早地与丛林顶端的残月照面，等到白光如水般浇灌整个天地，她已稳稳地盘腿坐在集市的沙子路边了。她本可以花点钱租个摊位，但她相信她的塑料摊子也能给她带来好运气。她铺开薄薄的

塑料袋，将一双双布鞋整齐地摆在袋子上，白色的袋子上瞬间开满了红色、蓝色、黑色的花，并不十分绚烂。极其罕见的黑色花却在她跟前绽放了，每一朵花都小巧玲珑，像在等待着一位秀气的姑娘前来采摘。一辆吱吱咯咯的板车从水洼里碾过，泥浆溅到了塑料袋上，那朵红花沾上了一个斑点，她扯开衣袖啐上唾沫对着斑点擦来擦去，她平生很少使过这么大的力气。斑点最终淡化了，一滴浑浊的泪水从她枯萎的眼角滴落到红花上。

有善良的年轻妇女抱着孩子来到她的摊子前，一双一双给孩子试鞋，最后没有一双满意的。这位妇女觉得匆匆离开会让老妇人失望，便一边摸着鞋子一边和老妇人拉起家常来。她问道："您这么大年纪还要自己讨生活，不受罪吗？"

"瞎说，瞧，我骨头结实着呢。"她挽起宽大如斗篷般的衣袖给妇女看。实际上，这是一根晒干了的木柴，还有一条干巴巴的青筋粘在手腕上，除了这根青筋，看不出任何生命活动的迹象。尽管她想向更多人甚至全村人展示她"结实的骨头"，却没有谁真正对她的骨头感兴趣。

谁也不知道她的鞋究竟卖出了几只，也没有人担心她会因没有卖出鞋而没饭吃，因为等到下一次赶集看到她，她的骨头没有更瘦。

其实她的生活确实不像一般的孤寡老人那样贫苦，她吃的东西多得吃不完，但她从不告诉别人这些，除了对我例外。

我同往常一样将书壳、报纸塞到她尼龙袋里时，她的无名指上戴着金黄色"圈圈"的左手附在我耳边，低低地用黏糊糊的声音说："去我家吃菜，有好家伙，可比你家的有味多喽。"

我欣喜又有些胆怯的脚步跟在她沉重的脚步后面，到了她家，她生起火，在火坑边拿铁钳来回刨着。隔着火红的光焰她手指上的金色戒指变成了寒夜里一颗最闪烁的明星，比火焰与灯光还要亮，还要强。是吹不熄拧不灭的星光。

"啊啦！"一个火星子蹦到我手背上，烫得我大叫一声。

"哟，乖乖，你要把我老命都吓掉了。"她又从火堆里抬起黑乎乎的双眼。

"那……那……光……"我一边用手擦着眼睛一边支支吾吾地说，好像烫着的不是我手背而是眼睛。

"啥？"

"你手指上那个光，刚刚耀花我眼睛了。"

"我手上哪里有光？小毛孩儿。"她以为我在说胡话呢。

"不是手上，是手指，那个圈圈。"我很想知道她那个"圈圈"的来历，一定不是她自己买的，一不能吃二肯定太贵她怎么会买呢。

"原来是这个把你吓傻了。"她右手的拇指与食指开始抚摸起它来，"这个圈圈哪是个宝，他先走了，但还是在地下保佑着我咧。"说着她整个人都瘫软了，头和身子都歪向右边，像要倒在一个人身上，她这副模样真像个十足的傻子。

"它不是还在你手指上吗？怎么跑到地下去保佑你啦？"

"唉，他命苦，老天注定要他先我一步。"她又试图挺直身子，"来，让你去房子后面看看。"

她缓缓地站起来，像要把根从地里拔出来。我们从后门走到房子后面，黑漆漆的一团，她"嚓"的一声划亮了火柴。"啊！"我战栗着一把抱住她，她那么肥大，我不知道是怎样抱住她的。就在火柴嚓的一声划破黑夜，光还没有燃起来时，我看到了一副靠着墙壁停放的棺材，一副预备装死人的棺材，在我心里，棺材就等同于死人。

"嘘，莫怕，只剩这一副了，还有一副和我老头子一起入土了。他真傻，走那么早，七年前就走了，我这把骨头还健壮着嘞，好让我每晚来这看看他。"

我强行拉着她回到屋里来，像拉一尊石像，这时我才觉得她说的话是真实的，她的骨头还很健壮。我也才恍然大悟，原来在地下保佑她的，命苦的，不是"它"，而是"他"。

我终于搞懂了她的"圈圈"从哪儿来的，是她死去的老头子买给她的。它金色的光泽可比她瘦不拉几的手上难看的黑色好看多了。

铁架上的锅里"咕噜咕噜"煮着香喷喷的鸡肉，我这才觉得夜又安定下来了，不再那么恐怖。鸡肉飘出的香味堵塞了我的鼻孔，我的鼻子，脑子都感觉不到空气里其他任何杂质，从这一刻起，这个小屋子成了我肚皮与心灵的蜜缸。

木板上的油漆味给这间房子又增添了安全的讯息，这是才上过漆的木板，有人给这木板上过漆。隔壁那间砖房里的鸡在扑打着翅膀，公鸡保持沉默，母鸡咯咯喊个不停，似饶舌的少妇。清冷的灰尘从砖房里逃出来，

义无反顾地投身火海。

"这些鸡可活不了多久了，最近瘟疫特别厉害，唉，可惜了我这么多肥鸡。"她双眼紧盯着跳跃的火星，看一颗一颗小尘埃如何燃烧，消逝。我只管啃大块大块的肉，心里倒希望这些鸡快些染上瘟疫，它们似乎在笼里扑腾得太厉害了，也太久了。

在家里常吃红萝卜的时候，我偷偷溜到那所芳香满溢的房子里，享受这份意外的恩宠。终于有一次我吃完酥油饼，舔着手指头问她："你哪来这么多好吃的？"

这时她脸上下垂的肌肉又恢复了弹性，嘴角的弧度弯成了银钩，两只田鼠眼睛也炯炯有神。"那我可不缺吃的，我那砖房里藏着许多宝贝咧。有我女儿买的饼干、牛奶、罐头……再看看我身上这件衣裳，多漂亮。"

我向敞开的砖房门望去，确信那里藏着宝贝。

"那你怎么不和你儿子去住？这样你就不用去卖鞋子了。"她一个儿子的房子就在她房子的前面，另一个儿子住在马路对面。

"除非我这把骨头入土了，否则他们休想不让我卖鞋！"她突然定定地看着我，"你也像他们一样不让我卖鞋？你们可管不着我！除非我这把骨头入土了！"

她眼睛里凶狠的青光刺到我的脸上、膀子上、滑溜溜的脊背和心坎儿上。我连连摇头，害怕她以后再不会给我吃好吃的了。

不过她是一个不记仇的邻居，仍然慷慨地给我各种美味的食物。我甚至觉得，就连太阳赐予我的也不及我老邻居的丰厚，而父亲还老说，有了太阳就有了青菜，有了太阳就有了萝卜，有了太阳就有了苞谷……太阳又不能给我好吃的。

到了夏天，电闪雷鸣之时我就想躲到老邻居的砖房去，生怕一个大雷就把我家的木房子劈倒了，一阵狂风就把它翻个底儿朝天。屋后修长挺拔的柏树在青灰色瓦顶挥动神幡，似乎在为暴风助威。老邻居的房子里，一丝声息也没有。天地动荡了一阵子，电闪、雷鸣、狂风、大雨都翻转长长的直直的身子，朝着另一个我们不知晓的时空进发了。

我感觉心、肺、气管、鼻子都跟这常青树叶子一样清新，常青树长在老邻居的阶檐下。

"汪……汪……"一两声间断的衰弱的狗吠声从老邻居的砖孔里射出来，一条瘦小的狗夹着尾巴在台阶上对着我叫，不知道什么时候我的老邻居从哪捡了条这么丑陋的狗。它全身的毛被烧焦了，屁股上露出了光秃秃的一圈肉，这团毛应该是被大狗撕掉的。它的身子骨和她的相称，两副皮包骨，横着一副，竖着一副。狗看我进了门便对我客气些了，它的主人在桌前切着西瓜，整间房子弥漫着西瓜清爽的味儿，像初春时冰雪纯净的清凉气味。啃完西瓜，她拖着步子走进藏宝贝的砖房，端着一个盖着麻布的簸箕出来，一股醇酒的香气从麻布下面渗出来，熏得人都醉了。

"闻闻，多香，我酿的甜酒，给你尝尝，解解馋。"她用十根木炭般的手指拿起勺子舀起了甜酒，像一把老树根晃动在流动着珍珠的湖面上。

甜酒真甜，在我看来，没有任何人酿的甜酒有她的甜了，这让我觉得她很神秘，很善良。只有最善良的人，上天才会赐予她各种神秘的技能。她酿甜酒，就是一项神秘的技能。

她也被这酒香味儿熏得醉了，趴在桌上打起盹儿来。突然那个藏宝贝的房间像张开口的百宝箱，嚼着金子、银币、发出"咔嚓咔嚓"、"叮叮当当"的美妙的声音。我潜进了砖房，砖房没有一处空地，地上堆满了各种各样的袋子和矿泉水瓶，易拉罐。在一个陈旧的柜子上摆放着一大箱八宝粥，我想也没想就取了两瓶揣在怀里，贴着墙壁溜出去了。

瘦狗叫着追了出来，我放开步子绕到屋后的山坡上去了，将两瓶八宝粥放在青色苔藓上，犹如一位打了胜仗的将军般骄傲。山下的房舍间只零零碎碎地缭绕着吠声，这吠声击不中鸟儿，也打不落树上的枣子。不一会儿恶毒的咒骂声里飞出一根根尖刺，刺中了云朵，刺破了古老的房屋们的安宁。狗又吠起来了。"莫吼了，咱回去，这个有娘养没娘教的贱骨头！"

"你就莫无事找事了，谁会要你的八宝粥，我的老太太！"除了打铁的吴大爷回应几句，其他所有的人都只当她发疯。我的耳根像被一只粗糙的手掐得生疼，又像被一颗颗针头扎得发烫。

我再不敢去她家了，听到她沉重的拐杖声嘀嗒成一条虚线在我家门前闪过时，我躲在门后边，从门缝里偷偷窥探着她的每一个步伐。是时光还是那两间小房间将她的背压成一根弯曲的松木了？又或许是渴望获得某份理解与某颗心的温暖的愿望将她的背沉沉压住了。

她单调的身影再引不起我多彩的眼睛的注意，因此我决定再也不去看她一眼。

我的个子高了，我去了外面的世界又回来了，我还是没有变，这里，也还是老样子。我第一次蹑手蹑脚地朝那栋了无生气的老房子靠近，准备迎击第一声狗吠声。可只有空荡荡的空气在黑房子里哀号，房门紧闭，从里面传出长久无人居住的气息。

听人说她在离开十天后才被儿子发现，大伙将她装进屋后很久未用的木棺里，将她装进木棺时她硬得像块石头，在棺底砸起了一片僵硬的灰尘，和当时空中的雪尘一样白的灰尘。我终于相信，除非骨头入土，否则她是不会准许别人截断她自由的生活的，不管是非亲非故的人还是亲人。

她唯一的伴侣——那条瘦狗不见了，是在她离开之前它就被生命压垮了还是在她离开之后随她而去的？我不得而知。

房子对面深浅不一的山峦层层叠叠，将所有房舍和土地都裹在怀中，任你的目光怎样锐利，也无法穿透这四面坚硬得如骨骼的山壁，就像所有的人都穿透不了这天，这地。

鸦鸣

松木板与竹条夹成的灶房里就地掘了个凹形四边形火坑，火坑里烧了个大松木桩子，像一个正在喷着烈焰的水牯牛头。苍老的树皮噼噼啪啪在金灿灿的火焰里弹跳，仿佛烧了一火坑的跳蚤。

火光照亮了围在坑边的一家人的脸。不，原本是一家人，如今分家成了两家人了。两家人坐在一个灶房里烤火，守夜。湘西大年三十守夜要守到零点鸡鸣，再放起鞭炮抢年。

"嘎嘎……"屋后柏树林子里响了三声鸦鸣，"咔咔"，鸦鸣似乎削断了三根柏树，大老跟二老的媳妇不由得颤抖了两下身子，触电了一般。二老从黑色夹克口袋里摸出一块断了链条的表。"鸡还不成喊，九点过炮把分钟，早着哪。"见大家都像说"哦"似的吁了口气，他为自己的表的报时而感到满意，复将断链条的表塞进口袋。

"老鸦喊要死人哪。"大老媳妇没念过书，说话也自然粗俗了点。她当了半辈子农民，地道的农民骨头都是爽直的，血里也不掺杂半点含蓄。

"就你嘴巴会讲！"大老训了媳妇一句。但这一句也是压低声音的，既要媳妇听见，又要二老跟二老媳妇听不见。

"我嘴巴会讲？老辈人封的，老辈人硬是坏，他们讲老鸦喊要死人，看啰，现在老鸦喊就死人了。前阵子水井边上的柏子树林里老鸦天天夜头喊，这不，二海他娘吃农药死了。"

大老媳妇的推理方式也是所有农民的推理方式，结果与原因都是确凿的，一切都感谢老辈人创造与留下的经验。但有些结果老辈人却忘了留下原因。

"你们讲讲看，真是奇怪，人老了怎么有些人死得快有些人硬是死得慢？"二老陡然间向几位农民提出了一个有关生死的哲学问题。二老媳妇并不是哲学家，她可管不了死得快与慢的关系，只是因为世界允许有人死得慢，

所以才会加重她的负担。

"讲得有理，死快了到土里自自在在，死慢了硬是害人。"大老媳妇既赞同又做了解答。

大老跟二老挨着肩坐在桐木矮凳上，大老从灰色袄子的口袋里掏出拿透明塑料袋装着的草烟丝，一丝丝像外国女郎的金发，抓了一把塞到二老手上。

"你搞看草烟。"

"我有，我吃包好的烟。"二老推脱道，从口袋摸出一包白沙烟，烟盒与断链条的表磕碰发出镗啷声。

"你买的哪有我这个过瘾，拿到。"

二老咧开嘴笑着接受了草烟丝。两个中年汉子点着了包好的草烟，吧嗒吧嗒吸着。两点血红色的火星一起一落，明暗不定，在这世上迷失的两只充血的眼睛。

"你没卖完？留了一捆？"二老问道。

"留了几把，烤烟房小了，今年租公家的大烤烟房。你怎么打算的？是种烟是过浙江去？"大老问道。

"要服侍老家伙去不成了。到屋和你们栽烟看看。"二老说。

大老心里明白，家里的担子他与二老有责任共同担待。虽分成了两条枝，根还是同一条根。

二老媳妇在二老左耳边说道："哟我这记性，从浙江转来忘记拿我那个锅盖了。别的甩了都没得事，可惜了我那个锅盖。"

大老右耳朵听着媳妇说道："浙江那地方听人讲比我们这有钱些？"

"那当然咧，是人是鬼打工都往深圳浙江跑。"

"做些什么？莫比做阳春还苦些？"

"嘴巴鼻子吃灰，比做阳春苦多了。"

大老媳妇只做过阳春，她一心一意觉得做阳春最苦。二老媳妇只打过工，她一心一意觉得打工最苦。

"打工，得钱咧。"大老媳妇说。

"得钱得钱，得个鬼，我陈文上大学要钱，老家伙害病不晓得要整去多少钱。"

大老媳妇断章取义琢磨着二老媳妇的后半句话，她将十根手指伸到熠耀的火光前，开裂的泥巴地面立即承接住十根又粗又短的有些弯曲的影子。她慢慢将手收缩到糖浆色的棉袄衣摆下，让十根鲜明得有些碍眼的影子被更强大的阴影吞没。

"两千，两千七，四千，四千五。"大老媳妇一边弯曲着手指头嘴里一边喃喃低语。

"噢。"她身子颤抖了一下，触电了一般，她肥胖的腰身几乎在一刹那像泥巴地面一样开裂了。随着颤抖的停止开裂的腰身又恢复了原样。

她想起两个月前大老的爹做脑血管硬化检查加上吃药她跟大老花去了四千五，二老一家在浙江打工躲过了这个"灾难"。想着，她的面色铁青了，火光温柔地扑上来，被铁青的面色撞得七零八落，成了摇曳不定的细碎光影。

二老媳妇抬起后脑勺上盘着个油亮的发髻的头，呈一条徐徐上升的黑色淤流。她隔着荡漾的火光定睛一看，被大老媳妇咬着下唇的一排玉米粒似的牙齿惊得颤抖了一下身子，后脑勺上的大发髻也险些以一座山的姿势崩塌下来。

火坑四围的人声寂静了，起伏的两粒火星的吧嗒声与燃得只剩骨头的松木桩子的噼啪声更放肆，也更响亮了。

"租土的事有着落没有？"二老松开了嘴里不知何时变得只剩半截的草烟问大老，一串吧嗒声瞬间凝结成一根冰柱，冰得火光也冷冷地泛着透亮的淡蓝色。

"去年种了七亩，今年凑个整数，再租三亩。我们祖上总共两亩多土地，你那一亩多一直帮你做到的，没让它跑荒。你也租十来亩去吧。"大老说道。

"好多钱租一亩地？"二老问。

"两百五十。"

"那我搞去，到水井那一块再租个八九亩，"二老搓着手，"听他们讲我们阳朝乡去年烟好，叶子又大又肥。"二老露出饥渴的神情，他似乎看到了那一把把叶子，就是一把把钱哪。

"跟人一样，服侍得好烟自然好，本钱太扎实了，都兴借贷款，我去年借了九千，除本钱，算下，"大老掐指略有所思道，"得个两万……两万加点儿零头。"

不知是火光将二老的脸照得更亮了还是二老的脸将火光照得更亮。

二老媳妇蓬松的碎发下眨着两只萤火虫光似的眼睛，绿幽幽，暗沉沉的。她两手合并夹在两只膝盖间，稍微抬高了那盘显得沉重的头说道：

"算起来和打工差不多，你讲是不是？"她的嘴朝对面的大老媳妇努了努。

"就是哩，到屋里苦到外头苦，哪里都是苦。"

大老媳妇从来都是哪里能活就在哪里过，对她而言，天与地并没有犯什么过错，也许又是因为她找不出天地的过错便不尽挑剔了。也由于她这种性格，在给大老的爹送饭送火炉时也不掩着鼻子躲避那点难闻的气味，她知道是没法子挑剔的。只有认命了。

"要不是服侍老家伙，我还宁愿到外头打工快活些！"二老媳妇生硬地说道。

她十指交叉抱着左膝盖，沉重的头也不自觉地慢慢向左偏，沉落，沉落，仿佛载满货物的船一沉到底，沉入左肩膀里。她又隔着涌动的火光瞧见了大老媳妇那条尖尖的红肿的鼻子，像一根被霜冻得发抖的胡萝卜。大老媳妇眼里罩上了一层水的壳，只要你一眨眼睛那层水壳就要被戳破，流出清凉凉的雪水来。二老媳妇脑袋颤动了一下被一根无形的弹簧拉到原来的位置。大老媳妇突然想起三年前过世的父亲了，那一年小舅子知道家里老人病得厉害到深圳打工不肯回来，大老媳妇跟大老吵了一架独自到父亲家住了半年照顾他直到他过世。那年大老家的苞谷相比别家的苞谷，简直是芝麻比西瓜，侏儒比巨人。她无法将女人特有的细腻情感作简单的表达，只用宽大厚实的右手衣袖揩了揩眼睛，黑板擦擦去粉笔字迹似的，边擦边落碎屑。

二老媳妇将一切都看在眼里，她的鼻头酸了，一根又长又挺的鼻子抽搐了一下，从鼻尖颤到鼻根。鼻子似要飞出去了一般。她想到十六年前带着儿子改嫁到陈家时，二老的爹和娘怎样天天指着她儿子陈文的鼻子骂他是杂种。她没给二老生一个孩子，二老的爹和娘又是怎样怂恿邻居骂她是扫把星，怪她和她儿子害了二老，逼她吃了一把把各种怪味的草药。她不得已叫二老跟她过浙江去打工，如今方回转来。

"喂，好多钟了？"二老媳妇拿右手胳膊肘碰了一下二老的左胳膊肘，触碰的节奏与她发颤的声音押韵合拍。

二老从口袋里摸出断链条表，说道："抢年还差半个钟头，鸡都没喊你，晓忙什么！"

两个女人又沉默了。两个男人继续谈论着烟草的事。

来年夏天啊，对阳朝乡的人来说，世上没有比这个更茂盛的时间了。一片片又高又密的烟草连绵起伏，在滚烫的白花花的阳光下，听得见烟叶与烟叶相撞如同镰刀与镰刀相割发出振奋人心的金属声。整个大地延伸又浓缩成无限的绿色。人们兴奋着又担忧着，只怕多年之后不兴种烟草了，只怕无限的绿色蔫枯。以后的事谁料得到呢？

"准备抢年不准备大老二老？"屋外传来喊声，水泥天坪上啪唧啪唧响着脚板声，是水井边上二海来串门子。

"快了，进来坐。"大老高声答道。

二海搬了条桐木矮凳坐在大老与二老对面，大老二老两家想到二海刚死了娘，便不与他多说，以免惹得他心里不好过。三个汉子，正好呈三国鼎立之势。仨人从小一块儿长大，就仿佛什么也不曾发生只是坐在火坑边，谁也料不到一坐就坐过了半辈子。

"唷咳，唷咳，唷……"大老二老的爹呻吟着喘息着，由二老家儿子陈文攗扶着，仿佛挂在陈文肩头的一副摇摇欲坠的破黑布。陈文轻轻推开了灶房门。

"你坐到二老屋死过来搞什么？你走走不得晓跑什么！"大老对半糊涂半聋的爹娘大声吼道。

"你到屋坐到不自在？跟你讲好多回了莫动莫动你硬要乱走！"二老吼道。

"你们给我关到屋里，我要杆烟吃也不给，走也不让我走，还把门锁到！"大老二老的爹流着泪说道，一乍多长的鼻涕掉在鼻尖上，两腿摇摇晃晃几乎要从陈文肩头颠下来。

"医生讲莫吃烟，你莫乱动，要什么我们给你。啊？"大老媳妇温和地说道。但老人还是听到了，点点头，从皱巴巴的眼角流出的两行浑浊的泪水撒到黑白胡茬上，烤得胡茬根根翘立起来。

"唉，人老了造孽啊，动又动不得，日里上工去了没人到屋里守就跑了。"二海叹了口气，捧了一掬空气抹在脸上。

"老辈人讲'小变老，老变小'，哪个老了都跟小的一样，又动不得，又欢喜哭。"大老媳妇说。

二老媳妇舒了一口气，语气平和些了："年轻时心坏老了背时哪。"

"老了不好哟。"大老媳妇说道，你若问她这不好的理儿在哪，她也就回答不出个所以然了，顶多回你一句"不好就是不好"。

"不好有什么法，要老的咯咯。你讲讲看。"二海向大老努了努嘴又向二老努了努嘴。

二老看了看大老却不答话，捏着快燃尽的烟头。

"净讲些无厘头的话，"大老手指蘸了点唾沫准备包第二根草烟，"搞工都搞不完哪有工夫搞别的无名堂的。"

"我莫……唔咳……我莫晓得……老了是这个样子。"大老爹紫黑的厚嘴唇微启，"你莫晓得……你老了动不得还……还被锁到？唔咳……"

围坐在火坑边的人都沉默了，老人的话像一个符咒，使这些乡下人无可奈何，因为他们确实没有一个人料得到老了的事，更没有人料得到老了以后再以后的事。

"毕毕剥剥"，寨子里响起了抢年的炮仗声。

"嘎嘎……"三声鸦鸣将炮仗声的余音拖到屋后的柏树林里，毕剥声低了下去。

谁也没有颤抖身子。

大老爹死在正月初三晚上，鸦鸣一直到初三晚上才消逝。

初四天刚破晓，"勾勾喽"，鸡栏的雄鸡将东方晨雾里的太阳吵得早醒了一个钟头。

木房里的活计

　　甜美似刚从美酒中漂洗过的阳光，裹着褐色尘埃从木板裂缝穿进来。光线从三面壁板，从黑色瓦片中透进来，洒在沟沟坎坎的灶房地面上。

　　原本用深红色土砖砌成的灶台蒙上了一层淡淡的黑烟，像一张常年在太阳下晒得发黑了的脸庞。灶台上架着三口大铁锅，最大的一口铁锅是煮猪食用的，最小的是菜锅，中间那口中等锅则用来煮香喷喷的米饭。

　　三口铁锅被长年累月的炉火熏黑了，但几乎每天都刷得干干净净，没有留下一丝污水。这都是她的功劳，如同生了一堆孩子，在她看来是理所应当的，她也因此感到欣慰，但是，这些并没让她的生活负担减下来。

　　乡村的天比城里黑得晚，也亮得快，环抱无数木房的山峦活脱脱像睡熟的熊，枝叶上的鸟与虫早已醒了，而只有当朝晖初放光芒时，这一头头笨重的熊才微微睁开眼。农人在地里忙活着，哈出清新纯净的气息，汇入晨光里。他们健壮的臂膀或佝偻的背部沉默无言，然而在他们的骨骼中，有血液在欢腾着。

　　丈夫也赶着牛到地里去了。她在屋里忙活着，双手像接上了弹簧，动作敏捷。铁锅被她刷得嚓嚓响，铝盆相互撞击着发出叮叮咚的声音，被码成高高一叠的瓷碗当当响着，似争着抢着为单调的清晨、为这间空乏的屋子增添铃音。鬓边的碎发拂到了脸上，她抬起满是油污的右手将它们拢到耳后。有时她会对着将她的脸拉扯得变形的大勺子抹一把脸，虽然没有把汗迹抹干净，她却觉得精神焕发。长长的竹扫帚刮过地板，并没有留下任何细小的痕迹，那泥巴地面早已同石块一样刚硬了。她扫完地，再拿起瓢舀一瓢水含在嘴里，向地上喷去。这时地面裂缝里的泥土沫儿便湿润了，整个灶房都弥漫着泥土的芳香，质朴而又亲切，就像从早春时节里翻耕的土壤中飘散出来的香味。

将房子里一切都整理好了，她又开始从柴房搬出一捆干柴来煮猪食。人饿着不要紧，却不能让牲畜空着肚皮叫喊。等到饭菜准备妥当，她这才跑回来掀开沉重的被子，给小儿子穿好衣服，洗好脸，盛一大碗饭菜去给地里的丈夫送早饭。

她的活儿总是那么多，没完没了，充塞了她的胸腔。她如同桌子椅子一样选择了沉默。这些活计并没让她的精力丧失。夜晚，偶尔这栋黑黢黢的木房里吵得不可开交——她受了邻居的气。"你还不明白邻里看不起咱吗？"她红着眼眶向丈夫吼道，仿佛把所有的不满所有的繁重都吐出来了，那是不甘，并非抱怨。丈夫常常垂着头，抽一根烟，眼睛望着墙角的一大包苞谷。孩子们蜷成一团，缩在床前。最初几年，丈夫在受不了时会给她一巴掌，最主要的原因是他与邻里关系不错，他将他们都看作叔辈，而她一个改嫁过来的女人，有何资格指责他们？随着时光与生活的磨蚀，他才逐渐信任他这二嫁的女人。有时她在半夜甩开门跑出去，木门重重地撞击着木板，像是在质问，像是在咆哮。当然，她没有地方可去，田野与水沟交错着，这些小路黑漆漆的，村子里的灯火一盏一盏灭了，唯有屋后不远处的那幢老房子的微光飘摇不定，像是一种召唤。她进去了，老妇人还在微黄的灯光下缝补着衣裳，两人说起话来，像一对知心的母女。老妇人一边缝补，一边与她交谈，很快就将衣裳缝好放进竹篓，又洗好一大堆红萝卜，切成丝，一捧一捧慢慢地放进坛子里。微光，径自跳动，像要冲破灯罩。

太阳不知疲倦，不管你是否做好了迎接它的准备，依然每天按时浮上来。一切重归寂静，她又在灶房里忙活起来了。昨夜的争吵与不眠都不足以占据她的记忆，她只能忆起昨天还有什么落下没做，今天赶忙补上来。从她的面容，你永远看不出她身上发生过什么，还将发生什么。在她的思想里，只认为过得比邻居好才是最重要的事，超过了邻居，就能扬眉吐气，就能脸上有光。她把这一切都寄托在孩子身上。

门前那块菜园里的青菜、红萝卜都开花了，紫色的白色的小碎花像遗落在青草丛里的星星。插在园子里的青竹竿都变干了，豆角藤、黄瓜藤齐刷刷从竹竿上滑落下去，像抬起头的水蛇，又将头怯生生地缩进水里。所有的颜色都在恍惚间褪去了，园子里只剩下一坨两坨干巴巴的牛粪，硬壳虫在牛粪里滚来滚去。直到有一天，灶房在严寒中煮起热乎乎的大米饭，铁锅架在火坑上，锅里的黄豆煮得咕噜咕噜响，美丽的橙黄色火焰突然被闪现的一片光景照白了。她推开那扇被她摔过许多次仍完好无损的木门，对着双手哈着气，眯起眼睛扫视一圈周围，随即又进屋去了。

孩子们套上破旧的涂满灰尘的棉鞋，咔咔在雪里踩上几脚，棉鞋又恢复了光鲜亮丽的容貌，但鞋肚子里，早已吸满了冰凉的雪水。

影子般的火焰笔直地上升，她又在房里忙开了，甚至来不及对着毕剥直响的火团将冻僵的脚烤暖和，她得去给牛栏里的母牛煮干稻草。人哪，还有人哪。

端正肃穆的木房闭上了眼睛。

我，站在木房外，泪眼模糊。

铁牛

冬日和煦的朝阳在宽敞明朗的天坪上投下一团缩小了的水牯牛的影子。影子边缘，隐约泛着闪亮的朱红色光芒。一台深红色微耕机像铁牛一般镇静地沐浴在光与影里，让人感觉到金属与火在切割，在融合。

父亲凝视着微耕机，满意地笑，脸颊上的纹理没有节奏但很有弹性地跳跃。他指导着二叔如何使用机子。二叔刚从沿海地区回到老家，由于爷爷病危需要照顾，他回来与父亲共同照顾老人。他决定暂时留在家做农活，今日要去后山耕那块早已板结了的地。二叔身后站着二婶与堂哥，他们皆现出欣慰的笑容。十四岁的小弟也有模有样地照着父亲的动作比画着。荡逸的阳光流过每个人的脸庞，脸庞上的笑容使得阳光也心花怒放起来，笑与笑交织，

重叠。人与人的和谐充斥天地间。

父亲迅速跳进堂屋拿出一瓶柴油从漏斗往机子里灌，接着，拉住机头上的绳索使机子运作起来，但接连拉动好几次也未让机子就范。二叔挽上衣袖，露出两条黝黑健壮的胳膊，一脚踩着机头的铁条，用两手拉起绳索来。看到他的动作不够规范，父亲又指导了他许多次。透亮的汗珠从他额上顺畅地滚落在红色机身上，"啪"的一声格外嘹亮。堂哥脱下身上的棉衣扔在小弟身上，便接替二叔拉起绳索来。他的姿势比二叔正规得多，力度也到位。也许他比二叔更适合与土地打交道吧，正应了"青出于蓝而胜于蓝"的那句老话。但是，机子对于人的力量与愿望仍无动于衷，它连个鼻息也未喷一下。"还是先前的水牯牛好，这铁牛真磨人。"我突然想念那头三年前卖掉的温厚忠诚的水牯牛了。众人回应道："牛要到坡上守一年，铁牛只要拉动几分钟。"大概物与物的替换，以效率换效率，就是发展吧，农人们似乎感受到了土地耕作的进步与变更。最后大伙儿说，许是天气冷，油冻住了。父亲拿了一壶开水淋到机头上，堂哥又拉了一下绳索，"隆隆隆"，铁牛颤巍巍地吼叫起来，一股银灰色的烟雾从机头的一根黑色管子喷射出来，眨眼间就在阳光里溶解了。

父亲，二叔，堂哥，都如同孩子般握着机子把手在平坦的天坪转圈。他们是单纯的，也是充满野性的。也许男人好冒险，刺激的天性无论在哪个年龄段都是同样存在着的，并不会泯灭。而从我这几位亲人身上透露出来的单纯也正是所有农人的单纯。

机子发动后，几人一起推着它往后山去。后山的小路崎岖不平，而且是陡峭的，路上堆着爬满苔藓的石头，路两旁的蕨类植物和荆棘丛将路面严严实实地覆盖着。父亲在后面握着两只把手，堂哥与二叔在前拉着机头。我们其余的人跟在后面负责提叶扇形的犁、锄头、柴油等。机子歪歪斜斜，不满意地抖动着两只胶轮，每向上一步都异常艰难。父亲两只手背上的青筋像麻花似的扭曲着，他咬着牙握着把手推动着机子，额上古铜色的条纹跳跃得更欢快、更肆无忌惮了。拉机头的两个人则将身子伏在乱石上，伸直了两双手臂朝前、朝上地拉动着这团没有生命的铁。"哐啷！"一块圆形的小石头被机子的胶轮碾落了，滚到我的脚边。又是"哐啷"一声，一块圆形的小石头被粗壮的牛蹄踢落到我的脚边。两块模样相似的石头，已

132

分不清哪块是有生命的水牯牛踢落的，哪块是无生命的铁牛踢落的。抬头望着眼前的人与牛，只见一团红火在中间燃烧，三团黄火与黑火在红火的边缘滚动。"噼噼啪啪"，"隆隆"，"唷咳"，这是火的怒号，还是牛的呼啸，抑或人的呐喊？

"要是赶个水牯牛，不要拖就走了。"我有所感悟似的说道。

"只要刷几屁股。"小弟说道，眼里闪烁着绚丽的光芒。

正在拉铁牛的三个人只管使劲拉着，推着，他们没有时间分散精力思考我和小弟的话。若赶一头水牯牛，便不需要三个人相互协助，路途自然轻松了。但若有谁真的以我的这种思想来劳作，他便不是真正的庄稼人。真正的庄稼人是从没有考虑过轻松与享受的。他们认为在这块土地上还有远比轻松与享受更重要的事。

机子被拉过狭窄的石头小路，到了稍宽敞的泥巴路上。路右侧是一片倾斜繁茂的树林，车右轮偏离了运动轨迹将前头的两个人撞到了树林里。父亲两脚跪在地上用力拖着两只把手，关掉了正在轰鸣着的机子。二叔与堂哥赶紧从树林子里爬起来用力推着机头，好不容易将机子又推回到了大路上。二叔又重新拉动绳索试图让机子发动起来。那条淡黄色的绳头让我想到套在水牯牛脖子上的那条绳子，那条绳子在一次水牯牛同别的牛打架时扯断了，我觉得二叔手里的绳子也快断了。果然，"啪嗒"一声，绳头上的黑色胶壳弹了出去，绳子收缩到机头的胶盘里。二叔的脸上神情异样，父亲平静地说道："没得事，你转去到碗柜上拿钳子，要把螺丝拧下来。"二叔眼里现出疑惑。"这个样子的。"父亲又补充了一句，两根食指交叉比画着。一刻钟后，二叔拿来了三角架形的钳子。父亲将绳头穿进胶壳，打了两个结实的结。机子重又发动起来。这时众人推着机子向左拐进了柏树林，没膝的干茅草在机子滑过后倒伏成整齐的一排，像一袭滑溜的浅褐色绸缎。柏树林被开采出一条弯曲的既柔软又刚劲的小路。又拐了几条铺满茅草的弯路，爬过了一座敦厚的矮山坡，终于将机子开进了一块长满野草的地里。

地里稀稀落落杵着些柑子树根。这块地原是爷爷的柑子林，后因爷爷身体渐衰便将所有的柑子树都砍掉了。这块地另一端的入口处，插着两根矮小的杨梅树。堂哥朝地中央走去，拔了一棵细小的枇杷树苗插到杨梅树旁边。我很难想象这么小的三株树如何能长成大树，这么点有限的能量如何能结出

饱满的果实。这些都是我想象不到的，就如同若是我没有亲眼看到这头铁牛是怎样从山下爬到山上来的，那么我也无法相信仅凭三个人的力量就能将它抬到这后山的地里来。是什么给他们以勇气和信念的呢？

"二老，看我搞。"父亲装上了两排犁铧，拉响了机子，紧握着把手开始耕起地来。一块块坚硬的泥巴被寒光闪闪的犁铧从地里抠出来，又在犁铧下碾得粉碎。"隆隆隆"，"沙沙沙"，铁牛的咆哮与黄泥巴土的嘶叫调和成力的交响曲。一排排、一片片新鲜湿润的泥土从地里翻了身，远远望去似一只只眨着的金色眼睛。土地在人的耕作下终于重见了美好的天空和阳光，深情地呼吸着，散发出阵阵芳香的气息。每个人都闭上了眼睛，不知是在感受着泥土的芳香，还是感受着阳光的温暖，也许两者都有吧。

"还不快帮到搞去，你哥一个哪搞得完？"二婶轻声在二叔耳边说道。

"铁牛就是上劲些。"二婶大笑着感叹道。我又惊又喜，她居然也承认了我的叫法，很有情趣地称微耕机为铁牛。

太阳如一盆炭火悬在我们头顶，不知是太阳走近了我们，还是我们自己走近了自己，脚下的影子畏缩地退避了，冬日的阳光也有些灼热了。

父亲与二叔共同耕作，不分你我，而在这之前二婶家与我家还在为照顾爷爷的事争吵着，二婶要将所有土地平分，各自耕作。

铁牛继续一行行、一圈圈地拖动着身躯，坚韧有力。是什么让农人们和睦并相互协助着？是那献身于大地的本能和在大地上生存下去的希望。世界上的人们的和谐相处与互相关爱，大概也是这个道理。